LICHTSCHLAG IN DER
EDITION SONDERWEGE

Michael Klonovsky

LEBENSWERTE

Über Wein, Kunst, High Heels
und andere Freuden

LICHTSCHLAG IN DER
EDITION SONDERWEGE

Für Janus

INHALT

I'm afraid I'm a partisan of sinking ships.
Lord Dahlberg-Acton

Es ist eine gute Übung, in tristen oder finsteren Stunden Sachen zu betrachten, etwa die Kohlenkiste oder den Bücherschrank, und sich vorzustellen, wie glücklich man wäre, wenn man sie vom sinkenden Schiff auf die einsame Insel geschafft hätte. Aber eine noch bessere Übung ist es, sich vor Augen zu stellen, dass alle Dinge diesen Charakter haben, mit knapper Not dem Untergang entronnen zu sein. (...) Die Bäume und die Planeten erschienen mir wie Dinge, die aus dem Wrack gerettet worden waren; als ich dann das Matterhorn sah, war ich froh, dass man es in dem Durcheinander nicht vergessen hatte.
Gilbert K. Chesterton

Gepriesen sei
der schmucklose Holztisch.
Odysseas Elytis

So zu leben, dass es keinen Sinn mehr hat, zu leben, das wird jetzt zum »Sinn« des Lebens.
Friedrich Nietzsche

Und sollst fröhlich sein vor dem Herrn.
5 Mose 16, 11

VORBEMERKUNG

Dieses Buch geht der Frage nach, wie und wofür es sich – in einem ganz alltäglichen, unpathetischen Sinne – zu leben lohnt. Da die hier in Vorschlag gebrachten Antworten womöglich mitunter nicht mehrheitsfähig sind, gestattet sich der Autor den Hinweis, dass es *seine* Lebenswerte sind, die in Rede stehen. Wenn Sie andere haben, schön für Sie.

Die Reihenfolge der Kapitel gehorcht keinem höheren Prinzip und folgt auch keiner Rangordnung, der Leser kann nach Belieben einsteigen und überblättern, was ihn nicht interessiert. Weder die gesamte Auswahl noch irgendeines der Kapitel erheben auf Vollständigkeit oder Verbindlichkeit Anspruch; vielmehr handelt es sich um Splitter, Fragmente, Kurzplädoyers. Gelegentliche Überschneidungen konnten und sollten nicht vermieden werden, weil sie in der Natur der Sache liegen. Da der Verfasser ein Mann ist, handelt es sich bei der Perspektive hin und wieder um eine dezidiert maskuline, was heutzutage sicherheitshalber angemerkt werden sollte.

Der Leitbegriff »Lebenswerte« lässt sich schwerlich exakt eingrenzen. Eigenschaften und Fähigkeiten bleiben hier weitgehend unberücksichtigt. Desgleichen tauchen so fundamentale Lebenswerte wie *Familie, Arbeit* oder *Freunde* nicht auf, weil deren Bedeutung unbestritten ist und keiner Erläuterung bedarf. *Immobilien* fehlen, weil es dem Autor daran mangelt; besäße er welche, schriebe er möglicherweise nicht über Lebenswerte, wenngleich es wohl ungefähr dieselben wären, über die er dann nicht schriebe. Wenn jedoch zum Beispiel *Reisen* als Stichwort nicht vorkommt, liegt das daran, dass der Verfasser Reisen im Zeitalter des Massentourismus kaum mehr für eine sinnvolle Tätigkeit, sondern zunehmend für eine Form des Terrorismus hält, die nicht von einem Gelegenheitsterroristen noch eigens gepriesen werden muss. Ein Kapitel über *Schönheit* fehlt, weil dieses Thema auf nahezu jeder Seite, wie man sagt, mitschwingt und seine explizite Behandlung ein eigenes Buch erfordern würde.

Einige der hier postulierten Werte scheinen vom Lauf der Welt in ihrer Existenz bedroht zu sein. Daraus resultiert der zuweilen polemische Ton, mit welchem das eine oder andere Kapitel anhebt, der aber schnell wieder verfliegt und hinter dem sich keine Sehnsucht nach der guten alten Zeit verbirgt, denn an die glaubt der Autor so wenig wie an die unbefleckte Empfängnis. Solange Menschen Wein und Oliven anbauen, Sprachen lernen, Gedichte lesen, beim ersten Sonnenstrahl Tische auf die Straße stellen, solange Glocken läuten, zwischen all den Rentnern hin und wieder ein Kind auftaucht, irgendwo auf einem Klavier Bach gespielt wird und Frauen sich zurechtmachen, bevor sie das Haus verlassen, ist nichts verloren.

München, im September 2013
Michael Klonovsky

FRAUENVEREHRUNG

Er könne überhaupt nicht verstehen, lässt der amerikanische Autor Philip Roth eine seiner Figuren sagen, wie sich ein Mann für etwas anderes interessieren könne als für Frauen und Literatur. Wobei der Begriff Literatur in diesem Satz die Variable ist. Er hätte auch schreiben können: Frauen und Richard Wagner. Oder: Frauen und Alpinistik. Oder: Frauen und Rotwein. Oder: Frauen und Hängebrückenstatik. Oder oder oder.

Hunger ist schlimm, korkelnder Wein oder Fußgängerunterführungen sind es auch. Aber das Allerschlimmste ist, wenn sich keine schöne Frau im Raum aufhält. »Frauen sind ein dekoratives Geschlecht«, befand Oscar Wilde. Falsch an diesem Satz ist keineswegs das Wort »dekorativ«, so viele lebende Dementis auch in Berlin oder bei den Grünen herumirren, sondern das »ein«. Frauen sind *das* dekorative Geschlecht, und Männer sind letztlich dafür da, ein Dach über ihnen aufzustellen, damit sie nicht nass werden (auch wenn sie nass mitunter entzückend ausschauen). Ohne Frauen gäbe es keine Schönheit auf diesem Planeten, zum einen, weil die ihre fehlte, zum anderen, weil Männer dann keine produzierten. Nahezu sämtliche Schönheiten der Weltkultur sind ja das Werk von Männerhänden, auch wenn die meisten Männer das ästhetische Empfinden von Ochsen haben, und sie existieren vor allem um der Frauen willen (beziehungsweise, um die großen homosexuellen Künstler mit ins Boot zu nehmen, um des Eros willen). Wenn es ihnen nicht um die Frauen ginge, würden Männer überhaupt nichts tun. Nicht mal ihre Autos frisieren – und ihre Köpfe schon gar nicht.

Schopenhauers grimmiger Spott über die Vergötterung der Frau im Abendland, über welche ganz Asien lache (und der Mohr und der Muselman sowieso), verkennt die viele Männer befeuernde Kraft derselben. Womöglich beruht der wirtschaftlich-kulturell-militärische Vorsprung des Westens auf der exponierten Stellung der Frau. Der Muslim dagegen ist heute noch so töricht (oder weise?), die Frau zu verhüllen und wegzusperren, was eine gewisse Lähmung des gesellschaftlichen Lebens und des Konkurrenzkampfes geradezu zwanghaft nach sich zieht. Überdies wirkt die Schopenhauersche Frauenverehrungsschelte ein bisschen so, als benörgele ein kränklicher Teetrinker die Gepflogenheiten, welche auf Bacchanalen herrschen. Letztlich ist nämlich jedes Ideal wenig überzeugend (auch das des Teetrinkens) – aber dass der Mensch sich überhaupt Ideale schafft, ist großartig. Obwohl selten eine Frau einen Mann idealisieren wird. Frauen sind realistischer, sie bekommen schließlich die Kinder. Kaum eine Frau nimmt sich beispielsweise einen Kerl, der sozial unter ihr steht. Eine Frau mit gesunden Instinkten will keinen Mann ernähren oder retten oder erlösen oder auf Händen tragen oder für ihn ein Haus bauen, sondern der Mann ist für sie normalerweise ein Spezialist, den sie mit einigen reizenden Gegenleistungen engagiert, damit er Geld heimbringt und ihr die Alltagsprobleme vom Hals schafft, zum Beispiel qietschende Türen ölt, die Reifen wechselt, den Wasserhahn repariert, Spinnen verjagt und während längerer Spaziergänge die Kinder auf den Arm nimmt.

Sogar in Zeiten weiblicher Emanzipation hat sich, auch wenn man dauernd das Gegenteil hört und liest, wenig am Geschlechterverhältnis geändert. Es gibt ein paar zehntausend Kerle bzw. Pudel, die sich wie Frauen benehmen und dafür von den Frauen verachtet werden, und es gibt ein paar zehntausend Frauen, die sich wie Männer benehmen und entweder einen noch kernigeren Kerl finden, an dessen Brust sie abends sinken können, oder stattdessen vorm Heimkino allein in ihren Popcorn weinen. Und es gibt zahllose Frauen, die ihre Weiblichkeit behalten und trotzdem Karriere machen. Mit dem feministischen Ressentiment wollen wir uns hier nicht weiter aufhalten. Das einzige, was dessen unfrohe Verbreiterinnen womöglich erreichen, könnte sein, dass immer mehr Männer das Idealisieren aufgeben und nur noch ihren profanen Wünschen folgen; kein erhebender Gedanke übrigens, allein schon für die Sitten.

Dass Frauen Männern und Männer Frauen gefallen wollen, erstere vor allem durch Schönheit, letztere vor allem durch Erfolge, ist die Ursache dafür, dass dieser Planet heute so aussieht, wie er aussieht, im Guten wie im Schlechten. Die weibliche Brust etwa, im Idealfall ein Anblick, neben dem nicht einmal der Grand Canyon auffällt, hat diese prachtvolle Form nur unter dem gleichsam warmen Regen des jahrhunderttausendelangen Blicks unserer maskulinen Vorfahren ausgebildet, denen wir, die Lesben eingeschlossen, dafür dankbar sein sollten, auch wenn wir uns erheblich strecken müssen, um in den Genuss eines Ausnahme-Exemplares zu gelangen. Es liegen, nebenbei, gute Gründe für die Annahme vor, dass sich das menschliche Gehirn ohne die biologische Zweiheit der Geschlechter niemals so weit entwickelt hätte, um sogar Theorien wie jene ersinnen zu können, diese Zweiheit sei ein »soziales Konstrukt« ... – ich schweife ab.

In manchen Naturkundemuseen gibt es Dioramen, die unseren Planeten vor der Entstehung des Lebens zeigen, als eine öde, steinige Marslandschaft, aus der himmelstrübende Vulkane rauchen und an deren Gestade ein leeres, totes Meer brandet. Ich stelle mir dann immer vor, wie es wäre, wenn man plötzlich selber in diese Welt versetzt würde. Natürlich würde man sich rasch umbringen, aber zuvor befiele einen das Gefühl absoluten Verlorenseins und einer geradezu grotesken Sinnlosigkeit der eigenen Existenz. Ein vergleichbares Gefühl stellt sich bei mir ein, wenn ich einen öffentlichen Raum betrete, in dem sich keine halbwegs attraktive Frau befindet.

Im Zug laufe ich manchmal so lange durch die Waggons, bis ich *sie* gefunden habe, setze mich so, dass ich sie betrachten kann, und wenn sie nicht gerade die *Elle* liest, sondern zum Beispiel Tschechow, spreche ich sie an. Auch ein Aufenthalt im Fitness-Studio wird erst erträglich, wenn dort ein ansehnliches Frauenzimmer trainiert, dem ich während meiner stupiden Exerzitien bei den ihren zuschauen kann. Dasselbe gilt sogar für Weinproben; Lafite-Rothschild hin, Angelo Gaja her: Erst ein appetitliches Dekolleté erhebt den ganzen Zinnober zum Zauber. Nicht eine Sekunde wäre ich je auf dem Oktoberfest gewesen, gäbe es dort die Dirndlträgerinnen nicht. Einzig beim Fußballgucken stören Frauen, weil ihnen die Ernsthaftigkeit für volle 90 Minuten fehlt und sie so ab der 26. wieder reden wollen.

Ich war zum Beispiel einmal auf einem wissenschaftlichen Kongress über einen meiner Lieblingsphilosophen, doch als ich den Vorlesungssaal betrat, verlor ich sofort jedes Interesse am Thema, weil die Veranstalter es versäumt hatten, wenigstens eine schöne Maid einzuladen. Ich interessier(t)e mich aber nicht für Friedrich Nietzsche, sondern für Frauen und Nietzsche (ich weiß, ich hätte zu einem Foucault- oder Derrida-Kongress gehen sollen, da sitzen sie). Ich wollte die Veranstaltung nach dem zweiten Vortrag verlassen, weil ich nicht verstand, für wen die Redner überhaupt auftraten, da kreuzte endlich eine Philologin auf, ich meine: eine ansehnliche Person im fortpflanzungsfähigen Alter. Ich stellte ihr irgendeine Frage zu Nietzsches *Geburt der Tragödie*, und sie erwiderte mit göttlichem Hochmut, die Antwort stünde in ihrem soeben erschienenen Buch auf Seite fünf. So etwas ist einfach Glück. Die ersten gewechselten Worte sind ja oft nicht sonderlich überwältigend, mitunter sogar bestürzend dämlich, und man macht trotzdem weiter, weil man diesen Mund irgendwie verschließen will. Hier aber war alles gut. Auf Seite fünf. Ich war begeistert.

Die Eingangsüberlegung von Philip Roth über Frauen und Literatur darf also präzisiert werden: Es ist in hohem Maße animierend, wenn die Frau Geist besitzt, wenn sie sich zum Beispiel in der Literatur auskennt oder gar selber welche produziert, und trotzdem gut aussieht. Dieses Zusammentreffen hat etwas enorm Beglückendes, weil sich plötzlich verbindet, was sich doch meist leider ausschließt, und eine Idee von Vollendung aufscheint. Früher habe ich die Kerle bewundert, die die schönen Dummchen abräumten – und kein Wort gegen die Dekorativität von schönen Dummchen! –, doch eine Holde, die ein Referat über Quantenphysik hält oder die am Klavier sitzt, Chopin spielt und an den Füßen, mit denen sie die Pedale bearbeitet, ganz selbstverständlich High Heels trägt, weckt einfach die größere Begehrlichkeit.

»Mir träumt von einer Gegenwart«, schrieb Friedrich Sieburg, »die alle Symptome des Verfalls aufweist, als da sind Meinungsfreiheit, Gastronomie, gutes Deutsch, Liebe zur Literatur, Geschichtssinn, Frauenverehrung und Eigenbrötelei.« Um – unter anderem – all das wird es auf den folgenden Seiten gehen. Die Frauenverehrung aber ist die Matrix. Ohne Frauen ist alles andere nichts.

WEIN

Zu den albernsten Auskünften, die man auf ärztlichen Fragebögen erteilen darf oder muss, gehört die nach der Häufigkeit des persönlichen sogenannten Alkoholkonsums. Die Optionen lauten in etwa: nie – ab und zu – täglich. Diese Frage ist ungefähr so sinnvoll wie die, ob man täglich isst, und in Kulturnationen nicht vorstellbar.

Ich meinesteils esse täglich, ausgiebigst am Abend, denn ein Mahl braucht Zeit, und da ich mir essen ohne Wein nicht vorstellen kann, kreuze ich auf diesen Fragebögen seit Jahren brav mein »täglich« an. Ich zähle also, medizinisch beziehungsweise statistisch betrachtet, zu denjenigen, die täglich »Alkohol« trinken, auch wenn ich mich nur einem kleinen Teil dieser Klientel irgendwie ähnlich oder gar geistesverwandt fühle. Wobei es natürlich ein gewaltiger Unfug ist, den holden Rebensaft auf 10 bis 14 Prozent seiner Bestandteile zu reduzieren, so wichtig diese 10 bis 14 Prozent als Geschmacksträger und Daseinsaufheller auch sein mögen. Ich werde bis in mein zu erwartendes hohes Alter nicht willens sein, einer Flasche sagen wir mal: »Hillside select« Cabernet Sauvignon von Shafer Vineyards nur 0,5 Prozent Gemeinsamkeit mit einem Becks-Bier oder einem Jägermeister zuzugestehen. Es kommt ja auch niemand auf die Idee, Angelina Jolie und Verona Feldbusch derselben Klasse zuzuschlagen.

Der mühevolle und anfangs gar nicht billige Weg zur kulinarischen Selbstveredelung hat mich also in eine Risikogruppe versetzt, deren Vertreter von ungefähr der Hälfte der Mediziner sorgenvoll bis streng angeblickt werden; die andere Hälfte gehört selber dazu. Unter ersteren gibt es Puristen, die behaupten, jeder Schluck sei schädlich. Vom »Göttertrank« der Alten zum »Zellgift« der Gesundheitskommissare – so weit muss man erst mal kommen. Für mich gelten jedenfalls zwei Maximen. Erstens: Jeden Tag Wein. Zweitens: Lieber zehn brandenburgische Skinheads am Tisch als einen Abstinenzler.

Große Leidenschaften beginnen gemeinhin mit einem Evidenzereignis. Solche Ereignisse überfallen den Menschen mit daseinsumstülpender Wucht. Zu meinen gehörten zum Beispiel: das erste Carlos-Kleiber-Dirigat, der Eintritt in die Scrovegni-Kapelle zu Padua, die erste Kamerafahrt in Stanley Kubricks *Clockwork Orange,* die ersten Seiten *Tristram Shandy,* der erste Alpenpass auf dem Rennrad – und: Château Margaux 1982. Von jenem Abend an – ich wäre am liebsten auf den Tisch gestiegen, um »Vive la France!« zu brüllen – bin ich ein Initiierter. Fortan war ich jahrelang auf der Suche nach solchen Offenbarungen. Oft bin ich enttäuscht worden, aber die Wunder haben alles überstrahlt. Ich muss beispielsweise an »Quilceda Creek« Cabernet Sauvignon nur denken, ein Weinmonument aus Washington State (das ist fast Kanada!), und schon stellt sich eine genüssliche

Gänsehaut ein, wie in der Kirche, wenn die Orgel so erdenschwer wie himmelsahnend zu jubilieren anhebt.

Wein passt zu jeder Lebenslage und jeder Tageszeit. »Der ist so mild, den kann man sogar schon morgens trinken«, raunte mir eine ältere, sehr kultivierte Dame ins Ohr, als sie mir am frühen Vormittag einen wundervoll durchgegorenen und dennoch nur mäßig alkoholstarken Mosel-Riesling einschenkte. »Der Wein wird uns jetzt guttun!« pflegte ihr Mann, ein Maler, sich vorfreudig die Hände reibend, auszurufen, wann immer die erste Flasche entkorkt wurde, ob nun vormittags um elf oder nachts um eins. Die eingangs erwähnten Kulturvölker, Italiener und Franzosen zum Beispiel, starten vergleichsweise früh mit dem Wein, man trinkt ihn als Begleiter zu jeder Mahlzeit (gefrühstückt wird dortzulande bekanntlich kaum bis gar nicht) und kompensiert das allfällige sanfte Beschickertsein tagsüber mit Espresso. Landstriche, in denen feste Zeiten vorgegeben sind, vor denen mit dem Trinken zu beginnen als unschicklich gilt, werden gemeinhin nicht von Genießern, sondern von Puritanern und/oder Trunkenbolden bewohnt. Zum kultivierten Umgang mit dem Trank gehört nämlich, dass der Trinker nie betrunken ist, dass er es versteht, Pausen einzulegen, dass er die Ebene des Genusses nie verlässt. Der Rausch macht dumm. Er ist etwas für Verzweifelte und junge Leute. Dagegen verleiht ein leichter Schwips dem Tag einen gewissen Schwung, zumal ein kühler Weißwein, an einem heißen Sommertag mittags auf einer schattigen Lokalterrasse verputzt, etwas ungemein Einleuchtendes hat.

Der Wein bringt Glanz an den Tisch und ins Leben. Er funkelt im Glas, und er strahlt am Gaumen. Der Rebensaft ist die Grundvoraussetzung dafür, dass aus der Nahrungszufuhr ein Essen und aus einem Essen ein Festmahl werden kann. Ohne ihn bekommt ein gedeckter Tisch etwas Trostloses, Asketisches, Allzu-Gesundes, Westküstenamerikanisches. Mir ist es schleierhaft, wie jemand eine warme Mahlzeit zu sich nehmen kann ohne ein Glas Wein dazu (Apfelschorle zum Steinbutt! Wasser zur Penne con Salsiccia!). Die Wahl des zum jeweiligen Essen passenden Tranks gehört zu den wichtigsten Entscheidungen des Tages – und zu den bedeutenden akademischen Themen ohnehin. Dass es an deutschen Universitäten Lehrstühle für Gender Studies gibt, aber nirgends ein Professor über den passenden Rebsaft zur Kalbsleber oder zum Kabeljau doziert, darf wohl als ein bedauerliches Zeichen fehlenden Dekadenzbewusstseins gelten.

Wein ist ein lebendiges Wesen. Er hat einen Namen, ein Geburtsjahr, einen Geburtsort (es gibt auch illegale Einwanderer mit gefälschten Pässen) und eine Biographie. In der Flasche kann ein tolpatschiges Kind stecken, eine feurige junge Frau, ein eleganter gereifter Mann, ein schwächlicher Greis. Ein großer Wein durchläuft all diese Stadien, sofern er nicht zuvor entkorkt wird, andere kommen über das Kinderstadium nie hinaus. Ein Wein, der nicht geöffnet wird, stirbt irgendwann. Jeder gute Rebstoff besitzt eine unverwechselbare Persönlichkeit, in ihm existieren sein Herkunftsland, das Klima seines Geburtsjahres und die Handschrift seines Kellermeisters fort. Wein ist auf Flaschen gezogene Sonne, und zugleich trägt er in sich die Essenz des jeweiligen *Terroirs*, er ist gesegnet vom Himmel und aus der Tiefe.

Wein ist göttlich. Zu allen Zeiten haben Menschen den Wein mit den heiligen Ritualen und den roten Wein mit dem Blut in Verbindung gebracht, am eindrücklichsten natürlich im Ritual der Eucharistie, der Wandlung des Messweins zum Blut Christi. »Trinket alle daraus: das ist mein Blut des neuen Testaments«, spricht der Heiland beim letzten Abendmahl, »ich werde von nun an nicht mehr von diesem Gewächs des Weinstocks trinken bis an den Tag, da ich's neu trinken werde mit euch in meines Vaters Reich« (Matthäus 26, 27–29). Die Parusie-Verzögerung hat einen gewaltigen Durst in der Welt aufgestaut, den vorgreifend zu stillen sich ein sterbliches Wesen nicht versagen sollte.

»Was machst du heute noch?« fragte mich eine viele hundert Kilometer entfernt lebende Freundin eines Abends am Telefon. »Ich höre gerade Musik und überlege, ob ich mir eine Flasche Wein dazu aufmache«, erwiderte ich. »Bist du verrückt, da noch zu überlegen?« rief sie aus. »Du kannst morgen abend schon tot sein!« – –

KLAVIERE

Es gibt zwei Arten von Wohnungen: In den einen steht ein Klavier, in den anderen nicht. Idealerweise darf es auch ein Flügel sein. Ich wüsste kein sinnvolleres und zugleich attraktiveres Möbelstück. Das beredte Schweigen eines Flügels, wenn man zum Beispiel zu später Stunde, wenn alles schläft, das Zimmer betritt, in dem er steht, ist ganz einzigartig. In 88 Tasten schlummert der gesamte musikalische Kosmos. Das Klavier ist das essentielle Instrument. Wenn sämtliche

Instrumente aus der Welt verschwänden und nur ein Klavier übrigbliebe, wäre alle Musik gerettet.

Ich bin, ohne selber spielen zu können, ein Pianomane. Jeden Tag höre ich mehrere Stunden Klaviermusik, beim Schreiben, beim Lesen, auf der Straße, und natürlich auch »live« – mit nicht ganz unerheblicher Folgerichtigkeit habe ich eine Pianistin geheiratet. Wie Michelangeli, Gulda, Richter oder Pogorelich Beethovens Opus 111 interpretieren, interessiert mich deutlich mehr als Bundestagsdebatten, Fernsehfilme oder Fußball-Länderspiele. Ich betrachte Sokolov, Kissin oder Radu Lupu als nahe Angehörige, die bloß noch nie Zeit fanden, auf einem Familienfest vorbeizuschauen, aber man versteht sich ja auch so.

Ich bin bis zum Abbrechen von Freundschaften bereit, über Pianisten zu streiten. Ja, als die konkurrenzloseste Einspielung eines Klavierwerks überhaupt ragt einsam Bachs B-Dur-Partita von Dinu Lipatti; jeder Versuch danach, auch von den allergrößten Meistern, wirkte kläglich neben diesem Wunder an Schönheit. Ja, Gieseking nimmt Beethovens d-Moll-Sonate sehr schnell, aber keineswegs zu schnell (überhaupt Gieseking: dieses Zupacken, dieses Formgefühl, diese Mysterien ...). Ja, Afanassiev spielt das Andantino aus Schuberts A-Dur-Sonate klanglich nahezu falsch, aber richtiger als alle anderen. Ja, Chopins cis-Moll-Mazurka Opus 50 Nr. 3 hört man am besten von Horowitz, weil der das unterschwellig Taumelnde des so ostentativ jubilierend wirkenden Tanzthemas am überzeugendsten hinbekommt. Ja, noch jeder Verspieler des göttlichen Cortot ist beseelter und inspirierter als die virtuosen Zirkusnummern Lang Langs. Erwähnte ich Gilels?

Gewiss, es genügt, die Liszt, Schumann, Rameau oder Skrjabin überhaupt zu hören und dann wieder seinen Geschäften nachzugehen; zwanzig verschiedene Aufnahmen ein- und desselben Stückes zu besitzen ist närrisch, überflüssig und ein bisschen dekadent. Aber das Kamasutra oder ein gut sortierter Weinkeller sind aus einer gewissen Perspektive ebenfalls närrisch, überflüssig und ein bisschen dekadent. Wirklich begeistern – ich werde auf den folgenden Seiten nicht müde, diesen Gedanken zu wiederholen – kann man sich am Ende nur für Unnützes und Überflüssiges. Und wie jeder Liebhaber liebe ich natürlich den Wein als solchen mehr als den konkreten Jahrgang, den Komponisten mehr als den Interpreten. Es ist wichtiger, dass überhaupt ein Klavier bearbeitet wird, als dass ein Virtuose es tut. Immer und unter jeglichen Umständen wird, solange es Menschen gibt, irgendwo jemand am Klavier sitzen und eines der großen Werke mit mehr oder weniger Talent spielen; das ist die wahre Unsterblichkeit.

Einer meiner Bekannten hat vor ein paar Jahren die obligate Sitzgruppe aus seinem Wohnzimmer geschmissen und durch einen schwarzen Blüthner ersetzt, an dem es seine Tochter bereits zu einer gewissen Könnerschaft gebracht hat. Man hört ihr Spiel schon unten im Treppenaufgang – die Wohnung liegt im vierten Stock –, was in diesem preiswürdigen Haus niemanden stört, weil auf jeder Etage entweder ein Klavier steht oder ein Autor beziehungsweise Komponist lebt. Und als meine Gemahlin dort bis gegen halb zwei Uhr nachts spielte, von anfangs Chopin bis zuletzt Bach – zuletzt spielt man immer Bach –, während wir Wein tranken und lauschten, war der einzige Vorwurf, den mein Bekannter tags darauf von Mitbewohnern zu hören bekam, die Frage, warum sie denn schon so früh aufgehört habe.

Die Welt kann so schön sein.

UNGLEICHHEIT

Eine Grünen-Sprecherin, von mir befragt nach ihrem Faible für einen US-amerikanischen Basketballer, erklärte dieses damit, dass ein athletischer menschlicher Körper nun einmal schön und im speziellen Falle auch sehr sexy sei. In der autorisierten Fassung des Interviews war das Wort »athletisch« gestrichen; sie bekomme, sagte sie, sonst Ärger mit den Behindertengruppen in ihrer Partei. Ein menschlicher Körper sei nun einmal etwas Schönes, stand also in der gedruckten Version zu lesen; eine zutiefst verlogene Aussage, denn wie alle wissen, die täglich den Blick in den Spiegel wagen oder sich an die sanfte Enttäuschung nach dem Abstreifen so mancher Bluse erinnen, ist genau das Gegenteil wahr. Die Mehrheit ist nicht besonders schön. Also, ruft das Ressentiment, müssen die Kriterien geändert werden!

Ich halte mich lieber an Schiller, der das Glück der Wohlgeratenheit (dieses Wort hört man heutzutage seltsam selten, nicht wahr?) in einem der herrlichsten Gedichte deutscher Sprache besungen hat:

»Groß zwar nenn ich den Mann, der, sein eigner Bildner
 und Schöpfer,
Durch der Tugend Gewalt selber die Parze bezwingt,
Aber nicht erzwingt er das Glück, und was ihm die Charis

Neidisch geweigert, erringt nimmer der strebende Mut.
Vor Unwürdigem kann dich der Wille, der ernste, bewahren,
Alles Höchste, es kommt frei von den Göttern herab.«

Und:
»Zürne der Schönheit nicht, daß sie schön ist, daß sie verdienstlos
Wie der Lilie Kelch prangt durch der Venus Geschenk,
Laß sie die Glückliche sein, du schaust sie, du bist der Beglückte,
Wie sie ohne Verdienst glänzt, so entzücket sie dich.
Freue dich, daß die Gabe des Lieds vom Himmel herabkommt,
Daß der Sänger dir singt, was ihn die Muse gelehrt,
Weil der Gott ihn beseelt, so wird der Hörer zum Gotte,
Weil er der Glückliche ist, kannst du der Selige sein.
Auf dem geschäftigen Markt, da führe Themis die Waage,
Und es messe der Lohn streng an der Mühe sich ab,
Aber die Freude ruft nur ein Gott auf sterbliche Wangen,
Wo kein Wunder geschieht, ist kein Beglückter zu sehn.
Alles Menschliche muß erst werden und wachsen und reifen,
Und von Gestalt zu Gestalt führt es die bildende Zeit,
Aber das Glückliche siehest du nicht, das Schöne nicht werden,
Fertig von Ewigkeit her steht es vollendet vor dir.«

Nun ja, das überfordert den Menschen, das ist ein Ideal. Um sich von der Gottesgabe fremder Vortrefflichkeit und also der Ungleichheit beglücken zu lassen, sollte man selber in irgendeiner Hinsicht besondere Gaben besitzen; wer über Talent verfügt, erfreut sich jedenfalls leichter an jenem des Konkurrenten. Doch wie hält der unbegabte Künstler neidfrei sein Leben aus, wie der erfolglose Unternehmer, wie das unfreiwillig kinderlose Paar? Wie schafft es der Krüppel, mit der Gewissheit zu existieren, dass er für all die Schönen nie in Frage kommt? Eine mögliche Antwort steht – ausgerechnet! – in John Stuart Mills Schrift *Der Utilitarismus,* nämlich: »Wenn Menschen mit einem leidlich günstigen äußeren Schicksal am Leben nicht genug Freude finden, um es sich lebenswert erscheinen zu lassen, hat das seine Ursache gewöhnlich darin, dass sie nur an sich selber denken.« Mitfreude ist auch ein Weg, die Welt nicht mit den »blöden Maulwurfsaugen der Selbstsucht« (Kant) zu betrachten; wer dagegen zur Mitfreude unfähig ist, verdient wohl nichts anderes, als vom Neid zernagt zu werden.

»Dass ein Leben unbefriedigend ist«, so Mill weiter, »hat seine Ursache außer im Egoismus vor allem auch im Mangel an geistiger Bildung.« Die Welt bietet schließlich auch dem genügend Interessantheiten und Wunder, dessen Einkommen klein ist und dessen Wünsche an Aphrodite und die Musen unerhört bleiben. Zumindest sollte er nicht anderen deswegen grollen.

Um den Skandal der Ungleichheit wenigstens theoretisch als einen Segen zu betrachten, bedarf es dreier Schritte. Zuerst muss man anerkennen, dass bei der Verteilung der beiden wertvollsten natürlichen Güter – Schönheit und Intelligenz – ein schreiendes Unrecht obwaltet. Dann muss man akzeptieren, dass dieser Unterschied das Leben lebenswert macht, weil er den Ehrgeiz, den Wettkampf und die Ideale in die Welt bringt. Das ist noch halbwegs leicht. Die wirkliche Selbstüberwindung besteht darin, dass man die Unterschiede zu lieben lernt, prinzipiell und damit *jeden,* auch wenn man selber der Benachteiligte ist. Unmöglich? Nahezu, ja. Aber doch nur ungefähr so, wie es unmöglich ist, sich die Unendlichkeit vorzustellen – es wird nicht direkt gelingen, aber der Gedanke an das Gegenteil beweist ihre Plausibilität.

Das Gegenteil der Ungleichheitsliebe ist das bereits erwähnte Ressentiment. Der Hässliche, der die Schönheit zur Geschmackssache erklärt, der schlechte Schüler, der den guten einen Streber nennt, der Feigling, der dem Tapferen niedrige Beweggründe unterstellt, der verschmähte Galan, der einer nichteroberten Maid charakterliche oder kognitive Defizite andichtet, die kinderlose Akademikerin, die sich als Muster an Selbstverwirklichung anpreist, der zweitrangige Forscher, der die Erfindung eines anderen niedermacht, weil er sie gern selber in die Welt gesetzt hätte, der intellektuelle Teigwanst, der auf den trainierten Leib eines sportlichen Menschen mit Bemerkungen über dessen mutmaßliche Geistlosigkeit reagiert, der Schriftsteller, der einen anderen Autor verreißt, weil der besser schreiben kann als er selber – man kennt sie nur zu gut, all diese Füchse, denen die Trauben in Wirklichkeit nicht nur keineswegs zu sauer sind, sondern die obendrein behaupten, süß sei schlecht. Wer will zu dieser schäbigen Sippschaft gehören, anstatt den Schmerz eigener Unzulänglichkeit in Würde auszuhalten und demjenigen die süßen Trauben zu gönnen – nicht gleich vom Herzen, nur aus Vernunft, aus Fairness, aus Selbstachtung –, der sie zu pflücken vermochte?

Offenbar wollen dies viele. Hörten wir sonst permanent die Unterstellung, alle Menschen seien irgendwie gleich, weit über die beiden einzig akzeptablen Kriterien »vor Gott« und »vor dem Gesetz« hinaus und gegen alle Evidenzen? Man will uns einreden, es existiere zwischen den Geschlechtern kein natürlicher Unterschied, sondern nur ein kulturell eingeübter (auch wenn wir von Kindheit an das Gegenteil erleben), es habe niemals Genies gegeben (auch wenn ihre Werke bolzenstramm dastehen), alle Rassen seien identisch begabt (auch wenn Studien und Realitäten gewisse Unterschiede zeigen und zum Beispiel niemand im Ernst behaupten würde, Weiße könnten so tanzen wie Schwarze), alle Kulturen seien gleichwertig (auch wenn Michelangelo und Velázquez hinter den Meisterwerken der bildenden Kunst Schwarzafrikas etwas zurückbleiben), Talent sei ein Mythos, denn in jedem Kind stecke ein Mozart etcetera. Ein paar Spezialbegabte unter den Hirnforschern wollen uns neuerdings weismachen, es existiere kein freier Wille (außer jenem, genau das zu behaupten und darüber Kongresse abzuhalten), womit die ultimative Gleichheit hergestellt wäre. Die Soziologen unterstellen, dass wir die unterschiedslosen, austauschbaren Wesen aus ihren Statistiken seien. Straftaten seien ausnahmslos auf soziale und mithin sozial korrigierbare Ursachen zurückzuführen, schalmeit es wiederum aus allen medialen Ecken, wenn die ethnisch-kulturellen Unterschiede bei Straftätern überdeutlich werden. Gäbe es die unvergleichlichen deutschen Verbrechen nicht, wir lebten wohl komplett im Zeitalter der Gleichmacherei.

Man könnte über all diesen Unsinn mit den Hinweis auf das offene Zutageliegen des Gegenteils die Achseln zukken, aber das wirkliche Problem beginnt ja, wenn Gleichheitsideologien aller Wirklichkeit zum Trotz akzeptiert werden (über den dialektischen Kniff, dass deren Wortführer nur an ihrem Vorteil arbeiten, also zu ihren Gunsten Ungleichheit herstellen wollen, sei hier hinweggegangen). Von den Vereinheitlichungsprozessen der sogenannten Globalisierung unterstützt, sind die modernen Gesellschaften dabei, die Unterschiede zwischen ihren Mitgliedern immer mehr einzuebnen. Ungerührt trimmen sogenannte Bildungseinrichtungen die künftigen Heloten der ausdifferenzierten Weltwirtschaft auf Ameisentugenden wie »Flexibilität« und »Teamfähigkeit«. Als individuell gilt heutzutage, wer an möglichst vielen kollektiven Beschäftigungen teilnimmt. Nichts scheint den modernen Menschen mehr zu interessieren als das, was alle tun. Nichts hat ihn mehr versklavt und gleichgemacht als die sexuelle Befreiung. An der Demokratie mag er vor allem, dass es keine Herren mehr gibt. In den Zukunftsträumen von Linksaußen bis Neoliberal unterscheiden sich Menschen überhaupt nicht mehr, weder durch Kultur, Nation, Sprache, Rasse, Klasse, Stand, Geschlecht, Geschichte noch durch individuelle Gene. Im Paradies der Progressiven existieren keine gottgegebenen Differenzen – und wehe, wenn doch.

Je mehr die objektiven Unterscheidungsmerkmale zwischen den Menschen abnehmen, weil sich alles mischt und alles angleicht, je mehr die Weltzivilisation den Planeten in Huxleys *Brave New World* umwandelt, wo alle dieselben Träume träumen, je mehr die Kulturidee und mit ihr die nutzlosen ästhetischen Anstrengungen aus der Welt verschwinden, desto schwerer wird es die Ungleichheit haben, auf ihr Recht zu pochen – außer jenem einen Unterschied, der sich durch das Geld herstellt und der eher unwichtig ist, weil er selten besondere Persönlichkeiten formt, aber hier gebenedeit sei dafür, dass es ihn überhaupt gibt. Denn niemals waren Gesellschaften hässlicher, bedrückender und verachtenswerter als diejenigen, die zwischen den Menschen die völlige soziale Gleichheit herzustellen versprachen und lauter irdische Höllen schufen.

Ein Mensch, der Selbstachtung, Distinktionsvermögen, Geschmack und Humor – mit einem Wort: inneren Adel – besitzt, wird also die Ungleichheit auch dann preisen, wenn er selber den Kürzeren zieht. Ich frage mich zum Beispiel, warum wohlhabende Menschen hierzulande ein schlechtes Gewissen haben sollen. Es liegt wohl daran, dass die meisten Intellektuellen und Meinungsverbreiter wenig Geld besitzen und (deshalb) Linke sind. »Ich kenne gern reiche Leute«, sprach dagegen der deutsche Zeitschriftenherausgeber und Chefredakteur Helmut Markwort, ein Satz, den man unter Sozialdemokraten, Grünen, Sozialisten und Gewerkschaftlern gar nicht oft genug zitieren kann. Reichtum ist doch nichts Schlechtes. Würde er sonst all die schönen Frauen so heftig anziehen, nach denen sich der intellektuelle Reichtumsschmäher die Fingerchen leckt? Das Problem besteht einzig darin, dass die Reichen heute keine Kulturträger mehr sind, dass keine Aristokratie der Gesellschaft Stil, Glanz und die Frischluft ihrer Sitten zuführt. Die würde der Linke zwar auch hassen, aber unsereins hätte dann überhaupt keine Schnittmenge mehr mit ihm. Kulturlose Neureiche mögen eine Zumutung sein, doch die Vorstellung, man sei zur sozialistischen Gleichheit verurteilt – was mich betrifft: neuerlich verurteilt –, ist eben noch unerträglicher. Ich finde einen Menschen, der mit einer guten Geschäftsidee ein paar

Millionen *gemacht* hat, ebenso passabel wie jemanden, der im Boxring einen 100-Kilo-Mann ausknocken kann: Es sind nicht gerade meine Wichtigkeitskriterien, aber geschenkt nähme ich die Millionen des einen und den rechten Haken des anderen sofort und umstandslos. Wie könnte ich sie da schlechtmachen?

Die relative Gleichheit, die heute auf vielen Gebieten des Globus herrscht, beruht auf einem welthistorisch einzigartigen materiellen Wohlstand. Das macht sie, im Gegensatz zur realsozialistischen, so verführerisch. Es handelt sich, mit anderen Worten, auch um eine *Gleichheit des Nicht-Elends*. Erstmals in der Weltgeschichte gehen kollektives Wohlmeinen und kollektiver Wohlstand Hand in Hand (nebenbei: Nicht die Uniformierer in den demokratischen Parteien haben diesen Wohlstand hergestellt, sondern einige Pioniere in Wissenschaft und Technik, also letztlich eine Handvoll elitär Ungleicher). Was heute in der westlichen Welt als materielle Armutsgrenze gilt, wäre vor 200 Jahren purer Luxus gewesen; was die medizinische Versorgung, die Mobilität und den sanitären Komfort angeht, ist heute ein Hartz-IV-Empfänger jedem historischen Souverän überlegen.

Nur in einer Welt eklatanter Niveau-Unterschiede vermag das Leben zu fließen und sich zu entfalten. Es kann gar nicht genug Ungleichheit geben. Sie ist die Ursache dafür, dass Großes, Bewundernswertes, Schönes, Ewiges existiert, während der Neid und das Ressentiment alles nach unten ziehen wollen, was aus der Masse herausragt. Der Gleichheit verdanken wir das Reihenhaus, die abgeschaffte Exzellenz, das Du zwischen Fremden, die Frauenquote, den Massentourismus, die Erbschaftsbesteuerung, das Fast food, schlechte

Manieren und schlechtes Deutsch, der Ungleicheit verdanken wir die Pyramiden von Gizeh, Palladios Paläste, die griechischen Tempel, die gotischen Dome, die Epen Homers, die hebräische Bibel, Shakespeares Sonette, Beethovens Klaviersonaten, die Erfindung der Dampfmaschine, das Taj Mahal, die Wolkenkratzer von Manhattan, Château Petrus, die bemannte Raumfahrt und die Tatsache, dass es Kleider gibt, die allenfalls jede zweihundertfünfzigtausendste Frau tragen kann.

Die Ungleichheit ist, mit den Worten Kants, die »reiche Quelle vieles Bösen, aber auch alles Guten«. Sie ist meine große Liebe.

KINDER

Kinder machen bereits Probleme, wenn sie noch gar nicht auf der Welt sind. Zwar werden die Brüste der Frau appetitlich prall, aber man ahnt, dass ein Abschied dahintersteckt. Etwas später findet man sich auf einmal in Möbelgeschäften wieder und kauft Gitterbetten und Wickelkommoden. Die Wohnung wird umgeräumt. Das Arbeitszimmer ist bedroht. Die Frau nimmt eine Form an, die man nicht für möglich hielt. Der Mode folgend will sie, dass man bei der Geburt anwesend ist. Nie wieder wird *er* sich so hilflos fühlen wie im Kreißsaal. Damit hat ihm die Frau die Erkenntnis aufgezwungen, dass er in der entscheidenden Frage ein nahezu nutzloses Geschöpf ist. Ansonsten mag der Sinn dieser Maßnahme darin bestehen, dass ihm die Lust auf Sex und sogar aufs Fremdgehen für eine beträchtliche Zeit vergällt wird.

Kleine Kinder lärmen unausgesetzt, sofern sie nicht schlafen. Sie schlafen zwar oft, aber nie durch – mitunter jahrelang nicht. Aus ihren Körperöffnungen quillt permanent Unrat. Sie werden schnell krank, dann schlafen sie erst recht nicht durch. Der Windelverbrauch ist enorm. Es kann vorkommen, dass sie einen nachts zwanzigmal wecken, und nie wird man erfahren, warum. Sie brüllen einfach. Monatelang kann man mit ihnen nichts anfangen, dann darf man mit Bauklötzen spielen, was sich so gestaltet, dass der Papa einen Turm baut und das Kind ihn umwirft. Zehnmal. Zwanzigmal. Fünfzigmal. Kaum können sie laufen, schmeißen sie alles weitere um beziehungsweise herunter, oder sie schlagen sich den Kopf auf. Ständig muss man sie bewachen, damit sie keinen Unsinn anstellen. Steckdosen verschließen. Scheren verstecken. Man kann nicht in Lokale gehen, weil sie entweder quengeln oder herumrennen wollen. Man kann nicht verreisen, außer an kinderfreundliche Strände, wo kinderreiche Familien ihre deformierten Körper, Frisuren und Sitten zur Schau stellen. Beim Sex stören sie, sogar wenn sie schlafen – es könnte ja kurz vorm Orgasmus der plötzliche Kindstod eintreten. Überhaupt ist man ständig in Sorge, ihnen könnte etwas zustoßen.

Spielen sie mit anderen Kindern, gibt es Streit und Geheule. Sie machen das Spielzeug kaputt. Man hockt in ihrem Zimmer und assistiert bei stumpfsinnigen Spielen. Kein Essen schmeckt ihnen. Sie betteln im Supermarkt um Süßigkeiten und schreien, wenn sie keine bekommen. Sie schreien überhaupt gern in der Öffentlichkeit. Sie wollen neues Spielzeug. Sie toben durch die Wohnung und knallen Türen. Wenn sie mal ruhig sind, muss man stattdessen

Super-RTL ertragen. Ist das Wetter schön, hat man auf den Spielplatz zu gehen, ein wahrer Schreckensort: andere nervende Kinder, ungepflegte Mütter, Gekreisch, Tränen. Bodyguard-Auftritte. Quälende Langeweile. Die Zeit dehnt sich. Verzweiflungsgefühle.

Auch im Arbeitszimmer gibt es keine Ruhe vor ihnen. Sie malen Krikelkrakel in bibliophile Werkausgaben. Dauernd kommen sie angelaufen und wollen irgendetwas. Schon morgens wecken sie einen, egal, ob man es ihnen tags zuvor verboten hat. Sie beschmieren die Türklinken und die Klaviertasten mit ihren Schokoladenfingern und kleben Popel hinters Sofa. Sie müssen immer bei den Eltern spielen. Und sie müssen unbedingt reden, wobei es ihnen vollkommen egal ist, ob man gerade liest oder telefoniert, und wenn sie einen beim spontanen Nickerchen erwischen, werden sie es erbarmungslos beenden.

Kommen sie in die Pubertät, hat man plötzlich verhaltensauffällige Fremde in der Wohnung, die unangenehm riechende Gleichaltrige anschleppen, sich kleiden wie Geistesgestörte, ihr Dasein mit technischem Schnickschnack verbringen, in ihrer ganzen maulfaulen Sperrigkeit etwas Möbelhaftes haben und einem groteske Diskussionen über absurde Themen aufzuzwingen versuchen …

Fassen wir zusammen: Kinder lärmen, Kinder nerven, Kinder machen Dreck, Kinder schränken ein. Kinder kosten eine Menge Geld und noch mehr Zeit. Kinder machen geile Luder zu Muttis. Kinder verhindern, dass man sich den intellektuell bedeutenden Dingen widmet. Kinder sind die Hölle. Aber als sich zum erstenmal diese kleinen Ärmchen um meinen Hals legten, war ich für alle Zeit geheilt vom Nihilismus.

Der Wert der Bildung offenbare sich, wenn die Gebildeten zu einem Gegenstand das Wort ergreifen, der außerhalb ihrer Domäne liegt, spottete Karl Kraus. Die Karrierechancen Gebildeter sind jedenfalls nicht besser als die von Ungebildeten oder Fachidioten. Aber was soll das heutzutage überhaupt noch sein: Bildung? Beschreibt dieser Begriff nicht den donquichottesken Versuch, sich im Ozean der täglich neu über einem hereinbrechenden Informationen mit einem Rettungsring verbindlichen Wissens über Wasser halten zu wollen? Ist die Idee von Bildung nicht hoffnungslos veraltet?

Die wie viele andere Moden aus Amerika zu uns herübergeschwappte Maxime lautet ohnehin längst: Bilde allenfalls deinen Körper, aber belaste dein Gehirn nicht mit Informationen, aus denen sich kein geldwerter Gewinn ziehen lässt. Überdies, so argumentieren die weniger pragmatischen und mehr ideologischen Verabschieder des Bildungsgedankens, habe sich das einst so bildungsfixierte traditionelle Europa in zwei kontinentalen Selbstzerfleischungskriegen mit all seinen Ideen ad absurdum geführt. Eine spezifisch deutsche Art der Unbildung steckt hinter dem gelegentlich zu hörenden Argument, Bildung sei unwichtig, denn sie habe Auschwitz nicht verhindert; manche Nazis seien sogar überaus gebildet gewesen.

Um von hinten zu beginnen: An übermäßig viele Gebildete bei den Braunen glaube ich so wenig wie bei den Roten, Grünen oder Schwarzen. Ob Bildung Verbrechen reduzieren kann, weiß ich nicht, ich bin mir jedoch ziemlich sicher, dass sie das Empathiepotential des Menschenkollektivs insgesamt leicht erhöht hat. Ansonsten ist zur Verbrechensbekämpfung die Polizei da und nicht die Bildungsschicht, und wenn es sich um Staatsverbrechen handelt, sind Vorwürfe an die Gebildeten ähnlich sinnvoll wie an Beamte oder Linkshänder. Dass der Mensch nicht töten und nicht falsch Zeugnis ablegen soll, weiß auch jeder Ungebildete.

Heute leben wir angeblich in einer alle Verhältnisse umkrempelnden Informations- oder Wissensgesellschaft. Kennzeichnend für diese Umkrempelei sind die Bildungsreformen. Als deren signifikantestes Ergebnis haben mittlerweile nicht mehr nur Fußball- oder Eishockeymannschaften, sondern auch Universitäten ein aktuelles Punktekonto, das über ihren Tabellenplatz entscheidet. Die Alma mater ist nicht mehr vorrangig ein Ort der Erkenntnis, sondern ein Zulieferbetrieb für den Arbeitsmarkt. An die Stelle der zumindest indendierten Erschaffung freier Geister ist binnen weniger Jahre die Produktion wirtschaftlicher Nutzwesen getreten, deren akademische Freiheit in der Auswahl von Studienmodulen besteht. Den Professoren wiederum wurde, mit einer Formulierung Ernst Jüngers, das Apportieren der dazu passenden Projekte beigebracht.

»Wenig spricht dafür, die Epoche der Industrialisierung des Wissens ausgerechnet eine Wissensgesellschaft zu nennen«, konstatiert Konrad Paul Liessmann in seiner *Theorie der Unbildung*. Was die Bildungsreformer aller Richtungen eine, erläutert der Philosoph, sei ihr Hass auf die traditionelle Idee von Bildung: »Daß Menschen ein zweckfreies, zusammenhängendes, inhaltlich an den Traditionen der großen Kulturen ausgerichtetes Wissen aufweisen könnten, das sie nicht nur befähigt, einen Charakter zu bilden, sondern ihnen auch ein Moment von Freiheit gegenüber der Diktatur des Zeitgeists gewährt, ist ihnen offenbar ein Greuel. Gebildete nämlich wären alles andere als jene reibungslos funktionierenden, flexiblen, mobilen und teamfähigen Klons, die manche gern als Resultat von Bildung sähen.«

Damit dürfte halbwegs umrissen sein, welche schlechterdings unreformierbare Art Bildung hier in Rede und zugleich im Sturm eines zunehmend ökonomisierten Zeitgeistes steht. Sie hat nichts mit Karriere zu tun, sondern mit Weltaneignung, Selbsterkenntnis und geistiger Unabhängigkeit. Sie liefert eher Argumente *gegen* statt *für* den gesellschaftlichen Aufstiegsutilitarismus und verleiht eine gewisse Immunität gegen rein materielle Glücksverheißungen. Der gebildete Mensch ist dies in der Regel nicht *wegen*, sondern *trotz* seiner Karriere, denn die führt ihn ja meistens mit Ungebildeten zusammen.

Wilhelm von Humboldt hat Bildung »die letzte Aufgabe unseres Daseins« genannt. Als deren eigentlichen Gegenstand empfahl er das Studium das antiken Griechentums, weil der griechische Charakter gewissermaßen den menschlichen Idealtypus darstelle, den Prototyp sowieso, der auf jedes Zeitalter gleich ausstrahle und dessen Studium universell gültige Erkenntnisse vermittle. Die griechischen Tragiker etwa haben uns den Menschen *an sich* ragend vor Augen gestellt, ihre Werke setzten den Maßstab für alle Dramatiker und sind niemals übertroffen worden, von Shakespeare bis Hollywood nicht, so wenig wie die Skulpturen der großen attischen Bildhauer je überboten worden sind. Dasselbe gilt für die beiden Epen Homers, die in solcher Vollendung und konkurrenzloser Erhabenheit am Beginn der abendländischen Literatur stehen, dass man sich wundert, wie die Idee einer Höherentwicklung jemals in die Künste Einzug halten konnte. Alle großen philosophischen Probleme sind vorformuliert bei Platon, so wie Thukydides das ewige Idealbild des neutralen, distanzierten, dem Geschehen in beinahe entomologischer Kühle folgenden Historikers darstellt.

Jedenfalls war die Kenntnis der Geschichte mit der Antike als Nukleus lange das Hauptkriterium der sogenannten humanistischen Bildung, und es besteht Grund zu der Annahme, dass es eine andere nicht gibt. Der in diesem Sinne sich Bildende versucht zunächst also, Kontakt zu den exemplarischen Menschen herzustellen, die vor ihm auf diesem Planeten lebten und wirkten, indem er sich mit ihren Taten und Werken beschäftigt. Er glaubt, dass zwischen sämtlichen Geschlechtern ein Zusammenhang besteht, dass er ein Erbe ist und zumindest einen Teil seines Wegs in den Spuren der Altvordern wandelt. Der Gebildete hat die fixe Idee, dass er die Tendenzen seiner Zeit besser versteht, wenn er sich mit ihren Ursprüngen beschäftigt. Er würde die These, Gebildetsein könne heute nurmehr noch eine von konkreten Inhalten vollkommen freie Form des Umgangs mit Information bedeuten, für eine leicht durchschaubare Finte der Ungebildeten halten und darauf hinweisen, dass niemand ohne Maßstäbe messen könne.

Woran erkennt man aber nun einen gebildeten Menschen? Er verwendet zum Beispiel keine Begriffe wie »effizient«, »optimieren«, »kommunikativ« oder »Lebensqualität«, er meidet »Events«, hat keinen »Spaß«, ist nicht »teamfähig« und nicht »motiviert«, er findet überhaupt nichts »cool« und »geil« nur das eine. Er weiß, dass zwar das Wissen der

Welt unentwegt und uneinholbar zunimmt und Leibniz der letzte Universalgelehrte war, aber ebenso, dass es entscheidende Werke gibt, aus denen sich universelle Kriterien für den weiteren – willkürlichen – Weltzugang destillieren lassen. Ihm ist klar, dass alles Schöne praktisch überflüssig ist, aber das Leben ohne Schönheit ein Irrtum wäre. Er kann ohne mediale Vorkoster werten, urteilen und wählen, wodurch er sich vom Ungebildeten unterscheidet, der sogar zu seiner Unterhaltung fressen muss, was man ihm vorsetzt.

Der Gebildete mag vieles nicht wissen, aber er ahnt immerhin die Bedeutung von und die Zusammenhänge zwischen vielen Dingen, von denen er ansonsten nichts weiß. Ihm ist die Relativität von Moden bewusst, speziell jener des Zeitgeistes, weshalb er lächelt, wenn er urteilt. Er ist in der Geschichte so weit bewandert, um sich über die *Conditio humana* weder übermäßigen Illusionen hinzugeben noch der schwärzesten Verzweiflung zu verfallen. Er lässt sich nicht von der Konsumindustrie immer neue Bedürfnisse aufschwatzen, die er nicht hat.

Seit jeher ist die Kenntnis des Lateinischen und des Altgriechischen ein Privileg der Gebildeten gewesen, und daran wird sich nichts ändern. Diese beiden Idiome sind einerseits tot, das heißt: für immer abgeschlossen von modernen Verunreinigungen und damit essentiell. Andererseits leben sie in den abendländischen Sprachen als Wortstämme und Fremdwörter unbeirrbar fort, zur Befriedigung, zur Qual und zum Gaudium dessen, der sie kennt und der hört, wie der Ungebildete sie verwendet. Das Erlernen der alten Sprachen ist deshalb so bedeutend, weil diese Mühe keinen materiell ausdrückbaren Nutzen bringt. Wer sie lernt, macht sich nicht mit denen gemein, die alles Tun auf Rentabilität ausrichten. Bildung bewegt sich also eher abseits des Marktes, womit nebenbei die Frage beantwortet wäre, ob ein an Bildung interessierter Mensch Literaturkanons zur Kenntnis nehmen sollte: Er findet allein, was er lesen will.

Zur Bildung gehört übrigens auch, dass man weiß, wie man eine Frau anspricht, dass man eine Weinkarte lesen kann und seinem Körper etwas Wertschätzung entgegenbringt, denn ein Gebildeter mit einem ungebildeten Körper sieht ungefähr genauso ungebildet aus wie ein ungebildeter Mensch mit einem gebildeten Körper. In diesem Punkte soll das eingangs erwähnte US-amerikanische Ideal der Körperbildung akzeptiert sein, sofern es nicht durch Einseitigkeit und groteske Übertreibung menschliche Karikaturen erzeugt. Dafür, dass sich in einem gesunden Körper ein gesunder Geist befinde, möge man beten, empfahl der ewig falsch zitierte Römer Juvenal in seiner Zehnten Satire. Umgekehrt hat mich die unter geistigen Menschen immer wieder anzutreffende Geringschätzung des eigenen Körpers, ja der äußeren Erscheinung überhaupt, stets befremdet und zuweilen abgestoßen. Gut kirchenväterlich scheinen sie den Leib als jenen guten Esel zu betrachten, der lediglich dazu da ist, den Geist durchs irdische Dasein zu tragen und regelmäßig die Speisen zu verdauen. Was soll man von Leuten halten, die so wenig von sich und ihrer Umwelt halten, dass sie total aus der Form gehen? Was von den bei vielen Herren ab vierzig endemisch auftretenden Wänsten, die bei Hirnarbeitern in der Regel besonders ulkig aussehen, weil sich der Körper drumherum muskulär nie entwickelt hat? Wie kommt einem ein sogenannter Großschriftsteller vor, dem die Nasenhaare fast bis zur Oberlippe sprießen und dessen Augenbrauen zu kämmenswerter Länge herangewachsen sind, der also äußerlich kulturellen Tiefststand verkörpert?

Kehren wir nach dieser notwendigen Abschweifung zum Thema zurück und ziehen das Resümee. Es lautet: Der Gebildete hat mehr vom Leben, und möglicherweise hat das Leben mehr von ihm. Er erlangt von den Rätseln der Existenz wenigstens Kenntnis und lässt sich nicht nur von Animateuren seine Nervenenden reizen. Da er davon mitzuteilen weiß, wächst die Bewohnbarkeit des Planeten mit der Zahl der Gebildeten. Soweit mein Diskussionsbeitrag zum Wert der Bildung.

HIGH HEELS

Im Arsenal mehr oder minder drolliger feministischer Ansichten gebührt jener These ein Spitzenplatz, dass eine Frau auf High Heels exemplarisch die sexuelle Unterdrückung ihres Geschlechts durch das arge andere verkörpere. Tatsächlich verhält es sich ziemlich exakt andersherum: Eine Frau auf High Heels hat den Mann völlig im Griff und besitzt direkten Zugriff auf u.a. seine Brieftasche. Verglichen mit einer in Flip-Flops vorgetragenen Bitte hat eine auf Pfennigabsätzen geschnurrte eine ungefähr 17,5mal höhere Chance, erfüllt zu werden. Prostituierte wiederum tragen diese Dinger, damit Männer ihnen ihr sauer verdientes Geld auf die Bettkante legen. Mit einem gewissen Recht könnte man also formulieren: High Heels verkörpern exemplarisch die Ausbeutung des Mannes durch die Frau.

So dumm wollen wir es uns aber nicht machen. Wer den Krieg der Geschlechter beklagt, soll auf den Mond auswandern. Sofern dieser Krieg mit all seinen Aufrüstungs-Accessoires zur Steigerung der sinnlichen Genüsse und zur Verzauberung der Welt beiträgt, sei er einschränkungslos gepriesen. Die Ästhetisierung der Frau und damit des Menschen und damit der Welt beginnt bei ihren Schuhen und hängt entscheidend mit deren Absätzen zusammen. Nicht im angeblich hilflosen Gestöckel, welches dem Unterwerfungstrieb des Mannes entgegenkomme, liegt deren tiefer Sinn, sondern in der Umwandlung des Gehens ins Schreiten. Fingerdünne Pfeiler tragen den gesamten Stolz des weiblichen Geschlechts. Was sind neben Stilettos ionische Säulen! Nahezu jede Frau, die in High Heels schlüpft, empfängt prompt den Segen der Grazien. Diese Schuhe sind so unpraktisch und so grandios, wie es das Pfauenrad gern sein will. Folge uns, sprechen sie, wir erzählen dir alle Mysterien der Schönheit und der Lust.

Das Ressentiment mancher emanzipierten Sohlengängerinnen gegen High Heels dürfte damit zu tun haben, dass ihre erotische Ausstrahlung durch die holden Treter in einem ähnlichen Maße gewönne, als wenn man sie einer Mumie der 18. Dynastie anzöge. Nun wollen diese bösen Tanten ihren Mitschwestern ganz unmitschwesterlich gleich das gesamte Vergnügen verschärften Begehrtwerdens verleiden, das jenen die marginale Selbsterhöhung um fünf bis zehn Zentimeter einträgt. Im Bund mit dem Terrorismus der sogenannten Freizeitmode hat die feministische Propaganda hierzulande Verheerungen angerichtet, neben denen sich die Abholzung der Regenwälder mitunter wie ein Kavaliersdelikt ausnimmt. An diese Verhältnisse gewöhnt, die ja im gesamten (vor allem protestantischen) Westeuropa herrschen, kommt ein Mann erst dort zur Besinnung, wo nach allgemeiner Vorstellung bislang das Böse und Abscheuliche wohnte: in den großen Städten des Ostens, speziell Russlands. Frauen, die sich wie Frauen bewegen! Ich wollte in Kaliningrad vulgo Königsberg eigentlich nur Kants Grab besuchen, doch der tägliche innerstädtische Schönheitswettbewerbs zog meine Aufmerksamkeit noch mehr auf sich, und ich begriff, dass auf jenem Boden, welchem einst der wackelige kategorische Imperativ entwuchs, nunmehr ein eindrucksvoller ästhetischer gilt. Eine halbe Stadt auf High Heels, sogar beim Besuch des Fischmarkts oder beim Gebet in der Kirche! Als ich eine der Schönen fragte, warum sie trotz der miserablen Straßenverhältnisse rund um die Uhr hochhackige Schuhe trage, zog sie verwundert die Brauen hoch und sprach weise: »Weil es die Beine länger macht.« – –

Möge der Zustrom von Slawinnen nach Deutschland anschwellen! Nicht jede Zuwanderung ist von Übel, nicht alle Immigrantinnen tragen zwangsläufig Hausschuhe, Kopftücher und Sackkleider. *Ex oriente* also manchmal sogar wieder *lux*!

GESCHICHTSSINN

»Geschichte« ist ein fabelhaftes deutsches Wort. Es beschreibt sehr plastisch die aufeinandergetürmten, in sich verkeilt liegenden Vergangenheiten, aus denen jenes zugleich undurchschaubare und durchsichtige, im Grunde stabile und sich doch aus verschiedenen Entfernungen kaleidoskopartig verändernde Fundament besteht, auf welchem der gegenwärtige Mensch im Fleische wandelt und seine eigenen Taten schichtet, bis auch er schließlich Ge-Schichte geworden ist. Es handelt sich gewissermaßen um eine gewaltige, täglich wachsende Schutthalde, und dass Historiker versuchen, Ordnung in dieses Wirrsal zu bringen, ist so ehrenwert wie kurios. Es scheint ein im Menschen tief verankertes Bedürfnis zu sein, dem Chaos und der Sinnlosigkeit, welchen er sich sowohl mikro- als auch makrokosmisch ausgeliefert sieht, Stabilitäten und Kausalitäten zu unterstellen, an denen er sich wie an einer Reling bei hohem Seegang festhalten kann. Homo sapiens ist das systematisierende Tier, und wenn einer erst einmal einen Sinn in eine Unordnung konstruiert hat, ist er selten bereit, ihn wieder aufzugeben. Während der Mensch aber seine Häuser nach Regel und Vorsatz baut, hat sich das historische Ge-Schichte einfach so gefügt, denn selbst wenn die Protagonisten konkrete Ziele verfolgten, haben sich ihre Taten gegenseitig beeinflusst, verändert, aufgehoben, ja oft in ihrer Richtung umgekehrt.

Jahrhundertelang galt es als ausgemacht, dass *große Männer* Geschichte machen, tatsächlich aber liegen sie als bloß überdimensionierte Artefakte mitten im Schutt des irgendwie Geschichteten. Große Männer (oder Frauen) haben nicht nur heutzutage kaum eine Chance, den Gang der Dinge entscheidend zu beeinflussen – ihre Aussichten dafür standen nie besonders günstig. Die meisten bedeutenden historischen Persönlichkeiten haben wenig bis überhaupt nichts oder sogar das Gegenteil vom dem erreicht, was sie anstrebten; der Zauberlehrling scheint das passende Gleichnis für sie zu sein, die Geister, die sie riefen, wurden sie nicht mehr los, und vieler herausragender historischer Persönlichkeiten gesamte Größe bestand darin, diesen Zustand zeitlebens ausgehalten zu haben.

Martin Luther beispielsweise griff das korrupte zeitgenössische Papsttum an und wollte eine von Rom unabhängige Gewissenskirche gründen, doch was er auslöste, war die konfessionelle Spaltung Europas mit einem seine Sprachheimat verheerenden dreißigjährigen Krieg als Abschluss; Frankreich war nach Napoleons zweiter und endgültiger Abdankung so groß wie bei seiner Machtübernahme, auch wenn der Korse zwischenzeitlich das halbe Europa beherrscht hatte; Bismarcks mit Blut und Eisen geschaffenes und mit Diplomatie kunstvoll nach allen Seiten abgepolstertes Reich hat keine 80 Jahre gehalten, im Grunde nicht mal länger als bis 1918; unter der Ägide von Englands Nationalhelden Churchill ist das Britische Empire auf eine global betrachtet völlig unbedeutende Inselgruppe am Nordwestrand Europas zusammengeschrumpft; Lenin wollte, dass die kommunistische Revolution »gesetzmäßig« in einem entwickelten Industriestaat wie Deutschland stattfinde, keineswegs aber nur im rückständigen Russland, wo er der Geschichte so blutig wie vergeblich auf die Sprünge half – vom grauenhaften Danebenhauen eines Herrn Hitler gar nicht zu reden.

War es zu allen Zeiten so, dass große Handelnde wenig von dem erreichten, was sie beabsichtigten, ist es heute so gut wie sicher; Frau Merkel wird in zwanzig Jahren ein Lied davon zu singen wissen. Umgekehrt geschehen fortwährend Dinge, die niemand gewollt oder auch nur in Erwägung gezogen hat. Wer hätte es, wenn wir schon bei Frau Merkel sind, im Jahr 1987 auch nur für möglich gehalten, dass 25 Jahre später eine aus der DDR stammende Bundeskanzlerin mit der Demontage des heiligen Grundgesetzes beginnen würde? Wäre nicht jeder für plemplem erklärt worden, der bei einem der Treffen des saarländischen Ministerpräsidenten und des DDR-Staatsratsvorsitzenden seinerzeit prophezeit hätte, dass der Genosse Lafontaine den Genossen Honecker einmal als Parteichef beerben würde? Die Geschichte macht, was sie will, nach Regeln, die nur sie allein kennt.

Einzig in der Rückschau nimmt das Chaos Gestalt an, dann gruppieren sich Ereignisse plötzlich zu Zusammenhängen, dann folgt das eine Ereignis aus dem anderen (und alle weiteren werden vom Historiker zugunsten seiner Theorie sicherheitshalber ausgeblendet). Die Zeitgenossen besaßen jedoch in jeder Sekunde die Option, durch irgendeine Tat das Kaleidoskop der Geschehnisse anders zu fügen. Der Mensch erkennt dies sehr simpel daran, dass er selber nie vorauszusehen vermag, wohin es ihn mit dieser oder jener Handlung führen wird. Hätte ich doch damals ..., denkt er sich oft. Er hätte können. Aber nun ist es zu spät. Nun sind die Würfel gefallen.

Es ist allein die schiere Fülle des vergangenen Geschehens, die den Historiker zur Willkür in der Auswahl seiner Quellen zwingt. Deshalb wirken zeitgeschichtliche Bücher auf diejenigen, die die behandelte Epoche noch persönlich erlebt haben, immer seltsam oberflächlich, selektiv und halbwirklich. Was ihnen im Leben bedeutend erschienen ist, kommt beim Geschichtsfachmann oft überhaupt nicht oder nur am Rande vor, er beschreibt eine Welt, die ihnen unbekannt erscheint, obwohl sie in ihr gelebt haben. Die Pflicht des professionellen Geschichtsbetrachters, sich zur Gesamtschau über sein Material zu erheben, hat als Kehrseite, dass er zwangsläufig nahezu sämtliche Details übersieht. Erst wenn alle Zeitzeugen tot sind, hat der Historiker recht (sofern nicht die Zeitzeugen unter dem Druck der Medien ihre Erinnerung der herrschenden Sicht auf die Vergangenheit angleichen). Was wir heutzutage von vergangenen Epochen zu wissen meinen, dürfte jedenfalls erschreckend wenig mit den realen damaligen Zuständen zu tun haben. Im Grunde gleicht Geschichtsschreibung dem permanenten Versuch, sämtliche Geschehnisse innerhalb eines Landes während des Verlaufs zweier Wochen in einer »Bild«-Schlagzeile zusammenzufassen. Gewisse positivistische Schulen der Historiographie versuchen deshalb, diesem Problem mit Wirtschaftsstatistiken, soziologischen Tabellen und endlosen Zahlenkolonnen zu Leibe zu rücken; sie gleichen wiederum den Töchtern des Königs Danaos, die von den Göttern dazu verdammt wurden, so lange Wasser in ein löchriges Behältnis zu schöpfen, bis es gefüllt sei.

Das allzu eifrige Ausfindigmachen von Zusammenhängen und Folgerichtigkeiten ist folglich ein Kennzeichen mangelnden Geschichtssinnes. Ein anderes, noch verbreiteteres, besteht im Glauben der gerade Gegenwärtigen, eine höhere Entwicklungsstufe der *Conditio humana* zu verkörpern. Dass sie momentan das am weitesten oben liegende Sediment bilden, verleitet die Lebenden oft dazu, sich allen anderen Schichten überlegen zu fühlen. Dieser Anmaßung stellt sich die Tradition entgegen. »Tradition ist Demokratie für die Toten. Sie ist die Weigerung, der kleinen, anmaßenden Oligarchie derer, die zufällig gerade auf der Erde weilen, das Feld zu überlassen«, schrieb Gilbert K. Chesterton. Zuviel Tradition bedeutet indes, dass die Toten beginnen, über die

Lebenden zu herrschen; manche Gesellschaften sind daran ehrfürchtig erstarrt. Ein abgewandelter Prozess vollzieht sich seit Jahren in Deutschland, hier nisten die Toten einer bestimmten, sehr kurzen geschichtlichen Periode durch den Abscheu, den sie inzwischen pflichtgemäß hervorrufen, in den Gemütern der Gegenwärtigen und verstellen den Blick auf alles Vorherige.

So hat sich, im Zusammenspiel mit allerlei Fortschrittsideologien, die Meinung durchgesetzt, wir seien über die Vergangenheit hinaus, sie habe uns nicht mehr zu kümmern, die Probleme der Altvordern seien nicht mehr die unseren etcetera. Heute breitet sich ein Geist aus, der die Vergangenheit zunehmend als etwas Falsches, Rückständiges, zu Überwindendes bzw. gottlob Überwundenes betrachtet. »Im Grunde«, notierte Joachim Fest, »bietet die Vergangenheit dem Zeitgeist nur noch Vorwände, Gericht zu halten. Allem Zurückliegenden nähert er sich nicht in der verstehenden Haltung des Historikers, sondern mit den Werkzeugen des Entlarvungstechnikers.« Aus dieser Warte gibt es in der Tradition nichts Beispielhaftes und Erhaltenswertes, sondern das historische Geschehen ist eine Abfolge von Schlechtigkeiten: Kriege, Klassenherrschaft, Patriarchat, Rassismus, Frauen-, Homosexuellen-, Minderheitenunterdrückung, und, was Deutschland angeht, alles pfeilgerade ins Dritte Reich mündend. Aus dem Geschichtsschreiber als »rückwärtsgekehrter Prophet«, wie ihn Friedrich Schlegel genannt hat, ist ein *rückwärtsgekehrter Kritiker* geworden. Er erklärt dem Publikum, dass man aus der Geschichte lernen könne – und müsse! –, und zwar zufällig das, was der gerade herrschenden politischen Mode entspricht.

Damit eng verwandt ist der Finalitätsglaube, also die Idee, dass die Geschichte eine Richtung besitze und auf einen finalen Zustand hinsteuere. In innerweltlicher Form kehrt dieser jüdisch-christliche Gedanke im Marxismus wieder, wo quasi das gesamte Menschheitsgeschehen bis zur proletarischen Revolution zu einer Art Vorgeschichte degradiert wird, nach deren Ende die Menschheit ins Reich der Verheißung eintritt. Bekanntlich lagen die Marxisten mit ihren Prophezeiungen falsch, es gab aber eine Reihe vergleichbarer Prognosen von Denkern an der Zeitgrenze zwischen bürgerlicher und Massengesellschaft. Zuletzt verkündete bekanntlich Francis Fukuyama die These vom »Ende der Geschichte« im westlichen liberalen System. Der »lange Weg nach Westen« (H. A. Winkler) ist gewissermaßen die bundesrepublikanische Version der Vorsehung.

Freilich wird uns die Geschichte wohl nicht den Gefallen tun zu enden – es sei denn, die Menschheit stürbe durch enorme Katastrophen aus –, und auch die liberale, demokratische Gesellschaft dürfte wohl nicht ihr letztes Wort sein. Es wäre sogar vorstellbar, dass Spätere genau diese Gesellschaft verfluchen, weil sie eine beispiellose Weltressourcenvernutzung mit enormen Folgekatastrophen einleitete. Das ist keine angenehme Vorstellung, aber Annehmlichkeit ist bekanntlich auch kein historisches Kriterium.

Geschichtssinn bedeutet demgegenüber, sein eigenes vergangenheitsbedingtes und zukunftsblindes Eingesperrtsein in die jeweilige Epoche zu erkennen, sich also selbst als historisch zu begreifen. Geschichtssinn heißt, aus diesem Bewusstsein der eigenen Zwischenstufenhaftigkeit Einfühlungsvermögen in diejenigen zu entwickeln, die vor uns da waren und die durch ihr Sosein unsere Existenz überhaupt erst ermöglicht haben. Die planetarische Erfolgsstory unserer Gattung hängt im wesentlichen damit zusammen, dass Menschen *gelitten* haben, dass es ihnen irgendwie gelang, unter heute unvorstellbar harten Bedingungen zu überleben und gleichzeitig jene Werke zu schaffen, die über Jahrtausende fortdauerten: etwa den Tanz, die Pyramiden, die Epen, das Theater, die Tempel, die Dome, die Kanalisation, das Recht, den Staat.

Geschichtssinn bedeutet, dass man auch bei der Bewertung der zahlreichen Scheußlichkeiten, von denen die Historie voll ist, erst nach Befragung möglichst aller historischen Zeugen urteilt oder gar *verurteilt* – und dass man auch sein eigenes Herz befragt, wie man sich selbst in schlimmen Zeiten wohl verhalten hätte. Danach mag man jene verachten, die es verdient haben, aber angemessen im Ton und in der Sache und nicht lauthals vor Publikum, um sich wichtig zu machen, denn wenig ist verächtlicher als der Verächtlichmacher um des Sichselbstwichtigmachens willen.

Geschichtssinn besitzt, wer sich nicht von denen ins Bockshorn jagen lässt, die ihm Verständnis vorwerfen, wo er bloß zu verstehen sucht, und wer sich von den jeweils aktuellen Verwaltern der Geschichte keine verbindlichen Deutungen vorgaukeln lässt, weil er weiß, wie schnell diese Interpretationen einander ablösen und dass die Geschichte, wie alles Leben, ein zweckfreies vitales Gewimmel ist. Alle Epochen stehen, mit einer überaus geschichtssinnigen Formulierung Leopold von Rankes, »unmittelbar zu Gott«. Ein des historischen Denkens Fähiger wird also, außerhalb der technischen Entwicklung, die Begriffe »schon« und »noch« äußerst sparsam, vielleicht sogar überhaupt nicht verwenden. Eine Formulierung wie: »Schon Platon wusste« kennzeichnet jedenfalls den historischen Dummkopf. Und wenn die Geschichte des Menschen doch einmal endet, heißt das nicht, dass sie auf dieses Ende zugelaufen ist; *es ist dann bloß passiert.*

Ein Mensch mit Geschichtssinn ist nicht dazu gezwungen, ausschließlich in seiner kurzen Gegenwart zu leben. Er kann in größeren Zeiträumen denken und sich auch dort nach ihm angenehmen Gesprächspartnern umschauen. Denn natürlich besitzt jede Epoche ihre Dignität. Ein Mensch mit Geschichtssinn weiß, dass Geschichte keine Wissenschaft, sondern im besten Falle Literatur, im schlimmsten Falle Politik ist. Er ist den Irrtümern und Modetorheiten seiner Zeit nicht ganz so hilflos ausgeliefert wie der reine Gegenwartsbesiedler. Das macht ihn gelassener und weniger leicht verführbar.

GASTRONOMIE

Ein gelungener Tag rundet sich erst abends bei Tische. So wie ein Mensch sein Leben nicht loben kann und sollte, ehe ihm der Modus seines Abschieds von demselben durchschaubar geworden ist, lässt sich der Tag nicht loben ohne Kenntnis seines gastronomischen Ausklangs beziehungsweise Höhepunktes. Ich spüre eine unwillkürliches Befremden Menschen gegenüber, die sich beim Abendessen zurückhalten, soll heißen: Ich meide solche Gesellschaft, ungefähr wie ich Krankenhäuser meide. Wenn ich sogenannte Ernährungsexperten behaupten höre, der Mensch solle morgens viel und abends möglichst wenig zu sich nehmen, weil ein allzu üppiges Abendessen dick mache und den Nachtschlaf verderbe, ergreifen mich: erstens der Abscheu (vor diesen Figuren und ihren Kriterien), zweitens das Mitleid (gegenüber denen, die auf sie hören), drittens ein gargantuesker Appetit, dem ein soghafter Weindurst sich stets erfreulich beigesellt. Wie könnte ich die Gottesgaben wegen solch unfroher und vollkommen unbewiesener Thesen verschmähen?

Wer nicht dick werden will, soll seine Energiebilanz erhöhen, nicht reduzieren, zum Beispiel durch geistiges Tätigsein oder aufreibende Liebschaften. Überdies gibt es Ausdauersportarten, die den abendlichen Appetit exakt so garantieren, wie dessen ausgiebig erfolgte Stillung tags darauf wieder zur Tilgung der Folgen animiert. Was automatisch neuen Appetit erzeugt. Und so immerfort.

Meine Definition von Luxus kreist um den Ort und den Modus des Abendessens. Ich habe nie ein Auto besessen, mir nie teure Designermöbel gekauft, nie eine Armbanduhr über 300 Euro ge- und selten einen Urlaub unter Palmen ertragen. Stattdessen habe ich mir die Porsches samt Garage (und Breitling) über den Gaumen und durch die Gurgel gejagt. Das kann mir niemand mehr nehmen, kein Geisterfahrer, kein Steinschlag, kein linker Chaot und kein Gerichtsvollzieher, ebenso wenig wie die Erinnerungen an Momente rauschenden Glücks, wenn sich etwa der lustvoll angekaute Hummerschwanz im Munde mit einem Puligny-Montrachet, zum Beispiel von Robert Ampeau & Fils, zur symphonischen Etüde vereint – oder, vielleicht noch prachtvoller, die Foie gras mit einer Riesling-Trockenbeerenauslese von Fritz Haag.

Nicht missen möchte ich die Momente stummer Zwiesprache mit einem Lammcarrée und einem großen Bordeaux, aber auch nicht die Spaghetti aglio è olio beim Italiener um die Ecke, wenn sie gut zubereitet sind, denn es handelt sich um eines der schwierigsten Gerichte, an dem man sofort die Qualität des Lokals erkennt, wie so oft bei den ganz einfachen Dingen (das erinnert ein bisschen an die »Nacktheit« des Pianisten bei den langsamen Sätzen von Mozarts Klavierkonzerten, die auch einfach zu spielen und so schwer zu interpretieren sind). Nicht missen möchte ich die lärmenden Tafelrunden mit Freunden, nicht die Restaurant-Rendezvous mit all jenen Schönen, die sich merkwürdigerweise mit mir abgegeben haben, vielleicht auch bloß die gediegenen Lokale kennenlernen wollten, in die ich sie geschleppt habe, und danach mitunter nicht mehr allein heimfanden.

Die Verbindung Lukullik = Lokal gilt heute mehr denn je. Es gab bekanntlich Zeiten, da kochte die Frau daheim, die Familie versammelte sich bei Tische und am Herd – doch die sind in unserem Weltteil weitgehend passé. »Der amerikanische Mittagstisch ist ein Monument der Mängel der amerikanischen Hausfrau«, konnte Henry Louis Mencken bereits vor knapp einhundert Jahren bilanzieren. »Es ist gewiss kein Zufall«, führte er aus, »dass das Land der emanzipierten und machtbewussten Frau auch das Land der Dosensuppe ist, des Schweinebratens aus Konservenbüchsen, das Land der Fertiggerichte.« Bekanntlich ist die westliche Frau heute gehalten, sich am Herd unterdrückt zu fühlen, was zur Folge hat, dass die meisten nicht nur nicht willens, sondern noch weniger imstande sind, abwechslungsreich und auf einem soliden Niveau zu kochen. Die Laren und Penaten haben sich längst davongemacht. Es scheint ein Weltgesetz zu sein, dass jeder Zuwachs an individueller Freiheit ein Stück Kultur zerstört. Je mehr Menschen sich ihrer *Selbstverwirklichung* widmen, desto sinnloser sind in der Regel die Produkte der dabei anfallenden Tätigkeiten. Welche Arbeit wäre denn wichtiger als die Zubereitung der Speisen? Wenn derjenige, der zuhause damit betraut ist, nach allgemeiner Auffassung von partnerschaftlicher Rollenverteilung die Arschkarte gezogen hat, ist es mit der heimischen Esskultur dahin.

Männern von emanzipierten Frauen bleibt oft nichts anderes übrig, als selber zu kochen. Dagegen ist im Grunde nichts einzuwenden, denn ein Essen zuzubereiten ist auch für ihn allemal sinnvoller, als Börsenkurse zu verfolgen, politische Leitartikel zu studieren oder das Auto zu waschen. Als ich allein lebte, habe ich oft für mich gekocht, mit mäßigem Talent, aber ausschweifend, denn die Vor- und Zubereitung lässt sich, wie natürlich der Verzehr selber, trefflich mit einem Hörbuch und der Leerung einer Flasche Wein kombinieren, und wenn das vorgetragene Kapitel gerade gar zu schön ist, muss eben noch ein halbes Stündchen länger getafelt werden. Heute betrachte ich es als ein großes Glück, eine Frau errungen zu haben, die nicht nur vorzüglich Klavier spielen, sondern auch exzellent kochen kann – und nichts dabei findet, die eine, angeblich erniedrigende kulturelle Fähigkeit so regelmäßig zur Anwendung zu bringen wie die andere, abendlandweit noch allzeit erhöhende. Fast-food-Gerichte, Fertigpizzas, belegte Brote und dergleichen Scheußlichkeiten werden jedenfalls an jener Tafel, welcher ich familiär präsidiere und zu deren Bestückung ich *subito* und *con brio* beitrage, sobald Pasta verlangt wird, nimmermehr ihr garstiges Haupt erheben! Allzeit unverzichtbar aber sind bei Tische der Rebensaft sowie jener, welcher aus der Frucht des Ölbaums fließt.

Wenn ich auf Reisen bin, was meistens dienstlich geschieht, bleibt abends oft Zeit, die kulinarischen Offerten der jeweiligen Stadt zu studieren. Ich folge der simplen Regel, in Restaurants zu gehen, in denen regionale Küche geboten wird und wo die Einheimischen in großer Zahl sitzen. Dort bin ich nie enttäuscht worden. Ich mag letztlich die Küchen aller Länder, in denen Wein angebaut wird, obwohl ich mit der italienischen und der französischen allein auch glücklich wäre. Insbesondere liebe ich, was Schalen, Krusten und/oder Zangen besitzt. Es ist ein grandioser Moment, wenn einem der Koch zunächst die lebende Languste präsentiert, deren Stielaugenblicke sich mit denen des Gastes kreuzen, und die Gute dann fünf Minuten später in zwei dampfenden Hälften auf dem Teller liegt, ahhh …

FERNBLICK

Das Leben in der Stadt mag jenem auf dem Lande gegenüber einige Vorteile haben, man sieht statt Kühen Frauen (besonders in Weltgegenden, wo sie noch nicht speziell gefördert werden), es gibt Theater, Buchläden, Musikgeschäfte, Restaurants, Museen – aber einen gewaltigen Nachteil hat die Stadt denn doch: Ständig verstellen einem Häuser den Horizont. Nicht *ein* Wetter sieht man kommen, und die Sicht auf den ohnehin in Sektoren geteilten nächtlich bestirnten Himmel wird von der irdischen Leuchtkonkurrenz noch erheblich eingeschränkt.

Deshalb sollte der Stadtbewohner immer mal wieder hinaus ins Offene, um seinen Blick zu weiten. Schauen ist eine der elementarsten Beschäftigungen des Menschen. Beim Schauen stellt er Fühlung zum Sein als solchem her. Die frühen Philosophen waren große Schauer und Sager. Kein Vorsokratiker wäre auf die Idee gekommen, sich Denker zu nennen.

Naheliegenderweise sollte man zum Schauen auf Berge steigen oder sich ans Meer begeben. Im Gebirge verharrt die Zeit als geronnene, dort türmen sich Jahrmillionen. Das immergleich anrauschende Meer ist stehende Ewigkeit als vordergründig bewegte. Wer auf die Berge steigt oder am Meer spazierengeht, wird an die Kleinheit all der Dinge erinnert, die ihn täglich beschäftigen. Gegenüber den Bergen und dem Meer kann man kein Ego entwickeln. Bezeichnenderweise wird es nie langweilig, aufs Meer zu blicken oder auf einem Berg zu sitzen und Gottes Schauspiel am Himmel zuzusehen. Doch auch in der Lüneburger Heide oder in der kasachischen Steppe kann der Mensch beobachten, wie die Wolken wandern und von fern ein Gewitter aufzieht. Welcher Film könnte faszinierender sein?

Da ich quasi am Fuße der Alpen lebe, stille ich mein Bedürfnis nach Blicken ins Weite gelegentlich auf Bergen. Wäre ich hier aufgewachsen, womöglich wäre ich Alpinist geworden. Jedenfalls gehört Bergsteigen zu jenen Leidenschaften, die sich mir ohne jede nähere Begründung erschließen. Da mich aber die Kommunisten bis zu meinem 29. Lebensjahr hinter dem Horizontversteller schlechthin eingemauert hatten, beschränkt sich meine Bergsteigerei heute auf ein paar sogenannte Hausberge der Münchner, die ohne alpinistische Ausrüstung bequem zu ersteigen sind, mit Hütten darauf, wo man auf Holzbänken an Holztischen sitzt, isst, trinkt – und ins Tal schaut.

Ich habe es mir zur Gewohnheit gemacht, jedes Jahr an meinem Geburtstag freizunehmen (es handelt sich günstigerweise um einen Tag im August) und immer in derselben Berghütte einzukehren, je nach Wochentag und aktueller Wetterlage entweder mit Freunden, den Kindern oder eben allein. Die in Rede stehende Hütte befindet sich oberhalb des Tegernsees, nicht hoch, keine 1300 Meter, der Ausblick auf den See und die umliegenden Gipfel ist vielleicht nicht der allergroßartigste, den die Alpen zu bieten haben, aber immerhin großartig genug. Ich sitze dort stundenlang in Glücks- und Himmelsnähe und genieße dazu das vorzügliche Tegernseer Hofbräubier. Hin und wieder hüllt sich der Berg in Wolken und Nebel, und einer der schönsten Momente, den ich dort oben erlebte, war, als sich der Dunst lichtete, bis die Sonne durchbrach und der Blick ins Tal plötzlich frei wurde – als flöge man mit einem zur Landung ansetzenden Flugzeug durch die Wolken.

Ich sprach von Gottes Schauspiel am Himmel. Jahrtausendelang hat es die Menschen in seinen Bann geschlagen, und nun kommt unsereins nicht einmal auf zwanzig persönlich geschaute Sonnenaufgänge in seinem gesamten Leben. Ist das nicht traurig? Deshalb sei hier eigens jener Morgen gepriesen, als ich von der Festung Masada aus dem Dienstantritt der Sonne über den jordanischen Bergen jenseits des Toten Meeres hospitierte – was sich mir deshalb noch besonders eingeprägt hat, weil ich mit dem großen Gestirn gewissermaßen um die Wette aufging und nur sehr knapp vor ihrem Erscheinen im Sprint das Plateau erreichte, von welchem aus König

Herodes und die Prinzessin Salome knapp zweitausend Jahre vor mir der aufgehenden Sonne huldigten.

Bei einer Abendgesellschaft (in der Ebene), an der ich teilnahm, wurde zu später Stunde die Frage aufgeworfen, auf welche Weise und an welchem Ort jeder der Anwesenden, wenn er denn die Wahl hätte, zu sterben wünsche. Ein Bekannter erklärte, er stelle sich den Tod auf einem Gletscher mit einer Flasche gutem Kognak als ganz passabel vor: die Erhabenheit der Berglandschaft, die Ferne vom Geschwätz, und der Kognak werde das Erfrieren schon halbwegs erträglich gestalten. Für den Selbstmord mögen die Berge vielleicht tatsächlich der ideale Ort sein. Doch mir träumt von einem langsamen Verlöschen am Meer, eingehüllt in das Rauschen der Brandung, von den Wellen sanft getragen in irgendeine Ewigkeit …

ORGASMEN

Der Orgasmus ist von allen Lebenswerten der trivialste und zugleich beeindruckendste. Beides hat damit zu tun, dass er jedermann und längst auch jeder Frau zugänglich ist. Trotz seiner trivialen Popularität gebührt ihm ein Platz in diesem Kompendium.

Ungefähr um mein 16. Lebensjahr beschlich, nein: überfiel mich die Erkenntnis, dass der damals bereits von mir vielbegrübelte und vor allem -bekakelte sogenannte Sinn des Lebens in einem wie auch immer gearteten Zusammenhang mit der Anzahl der im Laufe desselben erlittenen sexuellen Höhepunkte stehen könnte. Zwischenzeitlich hätte ich diese Erkenntnis in geistesstolzer Verlogenheit dementiert; inzwischen würde ich weniger auf die Menge und mehr auf die Qualität insistieren. Aber verzichten auf dieses würdelos-grandiose Durchzuckt- und Gebeuteltwerden mit all seinem Begleitklamauk? Doch wohl eher nicht.

Der Zweck wenn nicht gar Sinn des männlichen Orgasmus ist, soweit ich sehe, unstrittig. Die weibliche Klimax scheint daneben vollkommen überflüssig zu sein, zumindest ist sie für die Begründung der Folgegeneration irrelevant – alle heute im reifen Orgasmusalter Stehenden können davon ausgehen, dass Papa damals einen hatte, bei Mama weiß man's nicht genau. Doch mag der männliche Orgasmus notwendig sein, erheblich anmutiger ist der weibliche. Der weibliche Orgasmus ist so wunderschön und zugleich überflüssig wie die Fresken von Mantegna oder die Mazurken von Chopin. Vermutlich ist er deshalb auch seltener. Aus einem gewissen Blickwinkel ist ja alles Schöne überflüssig. Aber dieses Dasein ist, wie Nietzsche statuierte, letztlich nur ästhetisch zu rechtfertigen. Kurzum: Der männliche Orgasmus ist Natur, der weibliche – Kultur (übrigens auch und erst recht der vorgetäuschte).

Nun ist Kultur zum einen viel unwahrscheinlicher und seltener als Natur, zum anderen ist ihre Bewerkstelligung kompliziert. Sie erfordert Arbeit, ein Minimum an Talent, und dennoch weiß niemand ganz genau, woher sie stammt, wie sie funktioniert und warum es sie überhaupt gibt. So wie ein Autor mitunter staunt, welch grandioser Satz ihm da gelungen ist, staunt der Mann, wenn er beobachtet, wie seine Partnerin *kommt*. Männer haben keine Ahnung, was in der Frau vorgeht, wenn sie sich jenem Gipfel nähert, den noch nie ein Mann betreten hat. Und wenn er sie so weit bringen konnte, dann nur, weil ihm zuvor von ihr oder einer anderen Frau erklärt worden ist, was er zu tun hat. Ich glaube nicht, dass jemals ein Mann von allein darauf gekommen ist. Irgendwann hat irgendeine Frau, vielleicht Kleopatra, erstmals gesagt: Hör mal, ich hätte es gern *so* (wobei, Kleopatra hat es vermutlich *befohlen*: Komm her, Syrer, du sollst fortan mein Lecksklave sein, und solange du es gut machst, lasse ich dir die Zunge nicht ausreißen!) Kurzum: Auch die von ihm ausgelösten Orgasmen schlagen in der Gesamtlebensbilanz eines Mannes positiv zu Buche. Wenn er sonst schon keine Kultur produziert.

Soweit der frauenzeitschriftstaugliche Teil. Aber Qualität meint maskulinerseits natürlich noch etwas anderes: das Verbotene, Anrüchige, Verdorbene, ja Peinliche. Ein Mann, der sich nicht gelegentlich im Anschluss an einen Orgasmus ein bisschen schämt, hatte entweder keine Kinderstube oder schlechten Sex. Die besten Orgasmen sind – leider? – die für die Zeugung irrelevanten. Details spare ich mir, denn so eindrucksvoll sich Sex anfühlt, so trivial ist alles Gerede über ihn (jenes ausgenommen, das zu ihm hinführt). Ich will nur seufzend einräumen, dass der ästhetische Imperativ eben nicht immer gelten kann.

OPER

In der Oper transzendiere der Bürger zum Menschen, schrieb einst Theodor W. Adorno. Ihre Häme bezog diese Unterstellung aus dem Umkehrschluss: dass nämlich der Kurzzeit-

Mensch sich nach dem Verlassen des Opernhauses ratzfatz wieder zum Bürger zurückdeformiere. Davon abgesehen, dass das befreite westliche Menschenkollektiv heute eine gewisse Sehnsucht nach einer Wiederkehr des Bürgers vernünftig erscheinen lässt, beschreibt der Begriff Transzendenz recht genau, worum es geht. Oper ist im Idealfall ein kollektiver Übertritt in Gefilde oberhalb der Normalität, sie ist das Theater der großen Gefühle, der Ort, an welchem Liebe, Hass, Angst, Religiosität, Verzweiflung, Entsagung, Treue und Ehre noch ultimativ sind. In der Oper wird das moderne Ich mit Figuren konfrontiert, die in keine Statistik passen, die eine Seele besitzen, für ihre Liebe oder ihren König sterben wollen, an Last-Minute-Angeboten und demokratischer Rhetorik nicht interessiert sind und dennoch zur selben Gattung gehören; hier darf das moderne Ich lernen, wie hoch der Mensch einst von sich und seinen Leidenschaften gedacht hat, bevor er Konsument wurde.

Es ist also nur selbstverständlich, dass diese Werke seit Jahrzehnten von den Zeitgeistwetterhähnen des sogenannten Regietheaters verhöhnt, angepinkelt, destruiert und letztlich abgeräumt werden (was inzwischen weit übler ist, als es weiheblöd-pathetische Aufführungen von anno dazumal je sein konnten). Wenn Parsifal am Ende des dritten Aufzugs in den Bundestag einzieht, wie 2008 bei den Bayreuther Narrenspielen zu betrachten, entspricht das der Logik einer Gesellschaft, deren Wortführer mit Transzendenz ungefähr so viel anzufangen wissen wie der Durchschnitts-Zentralafrikaner mit Kondomen. Kaum eine Inszenierung, wo keine gegenwartsbezogene politische Symbolik auftaucht oder nicht auf der Bühne kopuliert wird. Schönheit? Trost? Bewunderung? Aber wo!

Hierzulande addiert sich noch der spezifisch vorfahrenwerkszerstörerische Selbsthass der Kriegsverlierer-Nachkommen zum allgemeinen Gekaspere, so dass man als halbwegs kultivierter Mensch Opernhäuser generell meiden beziehungsweise sich vorher genau über die Inszenierung ins Bild setzen sollte. Eine hässliche und abgeschmackte Darbietung vermag nämlich ein Werk für lange Zeit quasi optisch zu kontaminieren, weil sich diese Bilder nicht mehr von ihrer Verbindung zu dieser Musik lösen lassen. Wenn der Regisseur kein Liebling der Feuilletons ist, kann man freilich auch immer wieder auf kluge und dem Werk angemessene Inszenierungen stoßen.

Die Behauptung, ich ginge gern in die Oper, gilt also mit starken Einschränkungen. Für mich existiert das Musiktheater heute vornehmlich als Jugenderinnerung und als Konserve. Dank letzterer, die einem zudem die Bekanntschaft mit dem künstlerischen Personal der vergangenen hundert Jahre ermöglicht, wäre ich gewiss auch dann ein Freund des Genres geworden, wenn ich nicht das Glück gehabt hätte, viele Werke in Ostberliner Allerweltsinszenierungen kennenzulernen. Die erste Opernschallplatte, die ich mir als Teenager kaufte, war zufälligerweise gleich eine sogenannte Jahrhundertaufnahme, ein *Walküre*-Querschnitt mit Furtwängler, den Wiener Philharmonikern, Leonie Rysanek, Ludwig Suthaus und Ferdinand Frantz. Überwältigt von dieser Musik (und diesen Stimmen) hörte ich die Platte wieder und wieder, meine Prenzlauer-Berg-Hinterhofwohnung wurde zu Hundings Hütte und verwandelte sich in den Walkürenfelsen. Ich war sozusagen Wagnerianer vom ersten Takt an, und allmählich würde ich die Prognose wagen, dass mich die Liebe zu diesem weidlich-weihevollen wie weltwirksam-wunderwebenden

Werk wohl auch bis ans Lebensende begleiten wird. Etwas später kam die ebenfalls bis heute anhaltende Leidenschaft vor allem für die Opern von Mozart und Richard Strauss sowie für die schmerzlichen Schönheiten des großen Nihilisten Giacomo Puccini auf und hinzu.

Parallel zur heimischen Initiierung via Schallplatte begaben sich die besagten Ostberliner Allerweltsinszenierungen. Das heißt, ich konnte in diese Zauberwelt eintreten, ohne dass sie mir jemand gezielt verleiden oder durch aufdringliche Gleichnisse meinen Intellekt beleidigen wollte; ich musste keine debilen Monarchen, keine SA-Uniformen, keine Sperrmüll-Sofas, keine Kaffeeautomaten und keinen fingierten Analverkehr auf der Bühne sehen. So ist mir die ungetrübte Erinnerung an jenen Sechzehnjährigen geblieben, der ich gewesen bin und der nach dem Verlöschen der Kronleuchter auf den Flügeln der ersten Klänge der *Tannhäuser*-Ouvertüre von Wonneschauern überrieselt in ein Feenreich entführt wird, wo er vielleicht vor seiner Geburt bereits und seither bisweilen wieder gewesen ist. Oder jene an die Unfähigkeit des dann schon jungen Mannes, nach dem erschütternden Ende von *Madama Butterfly* auch nur ein Wort hervorzubringen. Oder an desselben jungen Mannes Gefühl, soeben von einem Zug überrollt worden zu sein, nach dem Schlussakkord seiner ersten *Elektra*. Oder an das blonde Dummchen, das im *Figaro*-Finale, exakt an der Stelle, wo Mozart durch den Mund der Gräfin niemand anderen als Gott selbst sprechen lässt, mit der genervt gezischelten Frage »Wie lange geht das denn noch?« mein Interesse an dieser Paarungskonstellation für immer beziehungsweise zumindest für den Abend einfror. Oder –

SPRACHEN

Eine der traurigsten Zukunftsprognosen besteht für mich darin, dass sich eine oder zwei Weltsprachen durchsetzen und die anderen zu lokalen Idiomen verkümmern, um schließlich irgendwann auszusterben. Nützlichkeitsanbeter mögen einwenden, die Babylonische Verwirrung sei doch eine *Strafe* Gottes gewesen, und es wäre schließlich erstrebenswert, wenn irgendwann alle Menschen weltweit dieselbe Sprache redeten. In der Tat ließe sich dann eine Jemenitin genauso verbalbarrierenfrei anharfen wie eine Taiwanesin. Eine Weltsprache wäre auch ideal für Manager, Verkäufer, Drehbuchautoren und Prostituierte. Aber wöge das die Verluste auf?

Jede Sprache hat(te?) ihre unverwechselbaren Domänen. Italienisch etwa ist die der Piazza, der Oper, des täglichen *bella figura*-Machens; französisch die der geraunten Frivolitäten, der eleganten Bonmots und diplomatischen Euphemismen; deutsch die des metaphysischen Tiefsinns, des murmelnden Mühlbachs und der Amtsschimmel. Dem Englischen wiederum wohnt ohne Zweifel etwas schnell zur Sache Kommendes, Praktisch-Prägnantes, Geschäftsmäßiges, Welthandeltreibendes inne – ohne die zahllosen poetischen Perlen und die unendliche Fülle der Redewendungen zu verkennen, die diese Sprache hervorgebracht hat. Und und und. Mir graust bei der Vorstellung einer Welt, wo außer in der Dorfgastwirtschaft und beim Friseur nicht mehr französisch, italienisch, russisch oder deutsch gesprochen wird.

Ich übertreibe maßlos, wird man sagen. Allenfalls die Deutschen litten an *Linguistic submissiveness,* weil sie dem

Führer noch seinen letzten Wunsch erfüllen und aussterben wollten. Nur ein deutscher Ministerpräsident bringe es fertig, die eigene Muttersprache zum Zweitidiom zu erklären, die Sprache Goethes, Hölderlins, Nietzsches, Kafkas, Doderers, Thomas Manns und all der anderen Autoren, die so ein Erbsenzähler mit Wirtschafts- und Juradiplom nicht kennt. Nur der typisch deutsche Provinzler, der den Weltbürger spielen will, ziehe Genuss aus solch linguistischer Kolonialherrenstiefelleckerei. Die anderen Völker lebten in ihren sprachlichen Klausuren munter weiter. Aber immer mehr Menschen beherrschten zum Beispiel Englisch als Zweitsprache. Die Skandinavier oder die Israelis etwa machten es vor. Die Zukunft sei zweisprachig!

Durchaus – doch wenn ich an etwas glaube, dann an des Menschen Bequemlichkeit und sein allzugroßes Faible fürs Praktische. Das Resultat wird sein, dass der Geist in die Weltsprache abwandert, weil sich kaum jemand mehr die Mühe macht, alle wichtigen Bücher, Schriften, Fachpublikationen oder die Rednertexte von wissenschaftlichen Kongressen in die Regionalidiome zu übersetzen. Autoren werden zunehmend in der Weltsprache publizieren, internationale TV- und Online-Diskussionen werden in ihr geführt, und wer als Intellektueller *auf dem laufenden* sein will, wird in ihr zu denken versuchen. Und die anderen Sprachen werden daneben immer weiter in die Bedeutungslosigkeit absinken, bis sie eines Tages tot sind und nur noch Altphilologen sie beherrschen (sofern diese Berufsgruppe bis dahin überhaupt noch existiert). Mit einer Sprache verschwindet indes immer eine ganz bestimmte Art der Weltaneignung und des Denkens. »Ich fühle, daß ich eine andere Wesensart annehme, wenn ich deutsch spreche«, erklärte der in Deutschland lebende äthiopische Prinz Asfa-Wossen Asserate, und dieses Gefühl dürfte jedem zumindest ahnungshalber vertraut sein, der sich in einer fremden Sprache einzurichten beginnt. Stürbe das Deutsche aus, verschwände eine komplette Farbe vom Planeten, und zwar eine der leuchtendsten, die es jemals gab.

Aber es werden immer bessere Übersetzungsprogramme entwickelt! Irgendwann erscheint jeder Text simultan in allen Sprachen! Schon möglich. Nur: Eine Sprache ist niemals wirklich (not really) übersetzbar. »It was as had the heaven/ The earth silently kissed« – »Es war, als hätt' der Himmel/ Die Erde still geküsst« (Eichendorff, *Mondnacht*), das gelingt sehr selten und nur ein paar Zeilen lang zwischen eng verwandten Idiomen, etwa auch bei: »Over all the hill-tops,/ Is quiet now,/In all the tree-tops/Hearest thou/Hardly a breath« – aber es ist nicht dasselbe wie: »Über allen Gipfeln ist Ruh,/In allen Wipfeln spürst du/Kaum einen Hauch« (Goethe, *Wandrers Nachtlied*). »Our eternal knowledge is at an end!/The world will know nothing more of wisdom«, trifft die Sache zwar, aber den poetischen Duktus nimmer (»Zu End' ewiges Wissen!/Der Welt melden Weise nichts mehr«/Wagner, *Götterdämmerung*, 1. Szene). »This characteristic of Dasein's Being – this ›that it is‹ – is veiled in its ›whence‹ and ›whither‹, yet disclosed in itself all the more unveiledly; we call it the ›thrownness‹ of this entity into its ›there‹«, das ist zwar eine exzellente Übersetzung (*Being and Time* von J. Macquarrie/E. Robinson, San Francisco 1962), bloß eben nicht mehr Heideggers: »Diesen in seinem Woher und Wohin verhüllten, aber an ihm selbst so unverhüllbar erschlossenen Seinscharakter des Daseins, dieses ›Daß es ist‹, nennen wir die Geworfenheit dieses Seienden in sein Da.«

Es ist bei solchen Beispielen insofern einerlei, aus welcher Sprache in welche Sprache übersetzt wird, als der Verlust an Nuancen und unterschwelligen Bedeutungen stets sozusagen mit Händen zu greifen ist. Ich habe hier Deutsch-Englisch gewählt, weil es einem ums Englische ja nicht bange sein muss und diese Sprache womöglich jener Bernstein sein wird, in welchem auch das deutsche Fossil überdauert. Die eins zu eins unübersetzbare *Fairness* wird bleiben, die gleichfalls eins zu eins unübersetzbare *Ritterlichkeit* wohl eher nicht. Wörter wie *Bettschwere* oder *Feierabend* sind nicht einmal auf Englisch möglich, und zwischen *Unheimlichkeit* und *uncanniness* liegen Welten. (Eines der wenigen deutschen Wörter, um dessen Verschwinden es übrigens nicht schade wäre, ist *Brustwarze* …)

Immerhin: Shakespeare und Pope, John Milton und Shelley, Chesterton und Henry L. Mencken, Laurence Sterne und James Joyce sind gerettet. Aber werden Heidegger, Kant, Eichendorff oder Friedell – man verzeihe mir meine *Name-droppings*, an den Namen hängt doch immer so viel! –, werden sie in 100 oder 150 Jahren nur noch in englischer (chinesischer, arabischer) Übersetzung existieren? Kein Fortschritt ohne Verluste, höre ich sagen; »change or die«, wie eine hiesige Management-Schwätzerin, die Verluste nur in Ziffern denken kann, formulierte. Plausibler und vor allem schöner klingt's denn doch bei Baudelaire: »Ô Mort, vieux capitaine, il est temps! levons l'ancre!/Ce pays nous ennuie, ô Mort! Appareillons!«

MALEREI

Malerei ist Zauberei. Ein Gegenstand nimmt seinen Weg durch des Malers Auge und Kopf, um schließlich von dessen Händen und dem Pinsel auf die Leinwand projiziert zu werden. Auf dieser Reise hat er sich verändert und eine je eigene Gestalt angenommen. Hundert Maler, die denselben Apfel malen, schaffen hundert verschiedene Äpfel – und doch zugleich immer denselben. Aber Maler malen doch überhaupt keine Äpfel mehr! Ja, wie schade. Malen sei veraltet, lautet eine allzu gängige Meinung, die Fotografie habe die konkrete Malerei abgelöst. Was für ein Un-Sinn. Die Kamera hat weder ein Gehirn, noch fühlt sie mit Händen. Malerei ist konkrete Sinnlichkeit, Be-Greifen mit dem Pinsel, während Fotografie in der Regel bloß verrät, »wie der Dummkopf die Welt sieht« (Nicolás Gómez Dávila). Im übrigen ist der Unterschied zwischen Malerei und Fotografie leicht und billig daran festzumachen, dass kein gemalter Akt einen Mann tatsächlich zu erregen vermag. Zu sehr ist dieser Akt durch den Blick und die Hand des Maler geprägt und in dessen Alleinbesitz übergegangen.

Sobald der Pinsel eines Meisters die Leinwand berührt, vollzieht sich eine Wandlung, wie sie die katholische Geistlichkeit allenfalls erflehen kann: Farbe verwandelt sich in Materie, Leinwand in Raum. Vergängliches gewinnt Dauer. Farbe wird Stoff, wird Gewicht (gemalten Brüsten sieht man an, wie schwer sie sind, oder das Bild taugt nichts), wird Glanz, wird Haut, wird Gold, wird Antlitz, wird Schönheit. Menschen und Gegenstände erscheinen in neuer Gestalt auf der Staffelei oder auf dem Fresko und verlängern verwandelt ihre Existenz, mitunter jahrhundertelang. Die Malerei ist der Kult des Dinges, pure Ontologie. Sie zollt dem »Gegen-Stand« (wie Heidegger den elementarsten aller Begriffe schrieb) jene Achtung, die ihm in der alltäglichen Geschäftigkeit so oft verweigert wird. Sie führt dem Betrachter vor Augen, dass Dinge *sind*, dass keines unwichtig und jedes Seiende ein Wunder ist.

Am kontemplativsten geschieht dies im Stilleben, einer in Zeiten von Vernissagen und »Events« freilich absurd introvertiert wirkenden und nahezu ausgestorbenen Gattung. Ein Stilleben erzählt zudem viel über die Epoche, welcher es entstammt, und zwar keineswegs nur die Gegen-Stände betreffend, deren Sein es konserviert – man werde, so der 2007 verstorbene Maler Peter Schermuly, einer der größten Stillebenschöpfer der jüngeren Gegenwart, dem Apfel immer ansehen, in welchem Jahrhundert er gemalt worden ist. Die prachtvollen, von Früchten und Speisen überbordenden Tafeln auf den Stilleben der alten niederländischen Meister, an denen die meisten Museumsbesucher gelangweilt vorbeilaufen, weil darauf *nichts passiert*, künden stolz vom Reichtum einer die Weltmeere befahrenden Seefahrernation und erweisen zugleich den Dingen ihre Reverenz. Nicht der Hummer, die Weintraube oder der Zinnteller sind Mirakel, dass es sie überhaupt gibt, dass sie *sind*, ist der Wunder allergrößtes, und deshalb werden sie *ins Bild gesetzt* und damit quasi stellvertretend für die Millionen nicht ins Bild gesetzten Hummer, Weintrauben und Zinnteller für den nächsten Äon *gerettet*. Dass sie gleichwohl vergehen mussten, daran erinnern auf vielen Stilleben »Vanitas«-Symbole: Totenschädel, Uhr und niedergebrannte Kerze.

Wie in allen Künsten bedeutet auch in der Malerei das Wie mehr als das Was. Das ist kein Widerspruch zum Kult der Dinge, sondern das wichtigste Indiz für die Ernsthaftigkeit des Kultes. Keines der Sujets, die zum Beispiel Diego Velázquez verewigt hat, würde mich sonderlich interessieren, wenn nicht er es gemalt hätte. Was geht mich zum Beispiel der vermutlich halbdebile spanische Hofzwerg Francisco Lezcano an, den er irgendwann zwischen 1640 und 1644 porträtierte, aber diesen knappen Quadratmeter Leinwand halte ich für eines der größten Gemälde der Welt. Velázquez besaß die einzigartige Gabe – oder besser: er besaß diese Gabe in einzigartigem Maße –, die Seele seiner Figuren mitzumalen. Sein traurig-stolzer Assistent Juan de Pareja etwa, der misstrauische Papst Innozenz X. oder der wächsern-kränkliche Prinzenknabe Felipe Próspero – nichts auf der Welt ist lebendiger und seelenvoller als diese Porträts, auf jedem von ihnen steht der gesamte Mensch vor uns. Und mit welcher Meisterschaft diese Bilder gemalt sind, mit welcher verblüffenden Sicherheit die aus der Nähe vollkommen willkürlich, ja absurd wirkenden Pinselstriche gesetzt wurden! Man sehe sich die Mozetta und das Chorhemd von Innozenz X. an oder das Fell des Hundes auf den berühmten *Las Meninas* oder die Hände der alten Frau auf dem Gemälde *Die Zubereitung der Eierspeise*, um zu begreifen, was das eigentlich ist: malen.

Wenn ich mir ein Jahrhundert aus der Geschichte der Malerei aussuchen müsste, meine Wahl fiele eindeutig auf das siebzehnte, das neben Velázquez unter anderen noch Vermeer, Frans Hals und Claude Lorrain hervorbrachte (dessen Himmel vielleicht das Schönste sind, was überhaupt jemals gemalt wurde). Zutiefst suspekt sind mir alle Sortierungen der Malerei in Epochen und Zeitpfeilabschnitte. Jede gotische Pietà beschämt den Expressionismus, Hieronymus

Bosch ist surrealer als sämtliche Surrealisten, schon der späte Frans Hals war ein Impressionist. Wenn Edouard Manet als »Erfinder des Modernen« mit einer Schau geehrt wird oder es über Gustave Courbet heißt, er habe den Impressionismus vorweggenommen, sei aber (natürlich!) auch ein Vorläufer der Moderne gewesen, wird mir ganz blümerant. Jeder große Künstler, scheint's, war ein Vortänzer oder Revolutionär dieses Trends, ein Wegbahner und Visionär jener Richtung. Sein Werk ist gewissermaßen ein Treppchen im unendlichen Stiegenhaus der Kunst und letztlich nur als solches von Bedeutung. Und ewig folgt das nächste Treppchen, das nächste Klassenziel der Kunstgeschichte. Wie neurotisch! Wie unsinnlich! Nein, Courbet, Manet et al. waren groß, weil sie malen konnten – und zwar ausschließlich deshalb! »Die Kunst ist überall am Ziel«, sprach Schopenhauer gegen die Hegelei des permanenten Weges; umgekehrt also kommt, was nicht am Ziel ist, als Kunst kaum in Betracht. Der amusische Mensch sieht im Künstler den Begründer oder Befolger eines Trends, das Mitglied dieser und den Vorläufer jener Schule, überall jedenfalls Zwischenstufe, Richtung und Epoche. Aber die großen Vollbringer waren immer Ziel und nie Stufe. Sie sind so wenig jemandes Vorläufer, wie ein Berggipfel irgendwohin führt.

Es ist traurig und unter anderem wohl ein Erbe des Protestantismus, dass der geistige oder intellektuelle Deutsche, ganz anders als der Südländer, in der Regel nicht als Augenmensch in Erscheinung tritt (wie so oft war Goethe die große Ausnahme). Er sucht in den Dingen nicht deren Sinnliches und Schönes, sondern ihren Sinn und ihre Bedeutung – oder ihren Grad an »Modernität« und Vorläuferschaft zu irgendwem. Letztlich mag er nicht schauen, sondern interpretieren. Sofern er sich überhaupt für Malerei interessiert, mag der intellektuelle Deutsche üblicherweise Maler, die mit ihren Bildern vor allem irgendeine Stimmung erzeugen oder irgendeinen Gedanken zum Ausdruck bringen. Der intellektuelle Deutsche steht vor einem gemalten Akt und überlegt sich, was der Künstler damit ausdrücken wollte. Das rein gemalte Ding interessiert ihn nicht, so reizvoll es sein mag. Wie gut oder wie miserabel ein Maler malt, ist ihm vollkommen gleichgültig. Jede beliebige Führung durch eine hiesige Galerie beweist, welche Prioritäten bei der Kunstbetrachtung herrschen: Nie reden diese Kunstwissenschaftler darüber, *wie* es der Maler gemacht hat. Überdies behaupten viele geistige Deutsche seit mindestens zwei Jahrhunderten von sich, eher musikalisch als optisch empfängliche Naturen zu sein. Dafür spricht, dass der deutschsprachige Raum weit mehr und ungleich bedeutendere musikalische Genies hervorgebracht hat als große bildende Künstler. (Man verstehe mich übrigens nicht falsch: Auch Assoziationen und Stimmungen *sind*, sie gehören zur Malerei wie Figuren und Handlung zur Literatur, doch zur Literatur gehört mindestens ebensosehr, *wie* einer schreibt – wofür die meisten Leser ebenfalls kein Organ besitzen. Doch was ist schon ein guter *Plot* ohne meisterhaften Satzbau?)

Im Atelier des erwähnten Peter Schermuly konnte ich gelegentlich – und er wohl hundertfach – erleben, wie intellektuelle Deutsche schweigend und ernst vor seinen gemalten Äpfeln, Pflaumen, Kürbissen, Blumen und Steinen standen und vergeblich darauf warteten, dass ihnen etwas Bedeutendes einfallen möge, womit sie diese Bilder kommentieren könnten (einer davon war ich). Natürlich fiel ihnen nichts ein, und sie waren froh, wenn endlich getrunken und geredet und weggeguckt werden durfte. Ganz anders die Südländer und, gelegentlich, Frauen: Die erfreuten sich an diesem schönen Detail und jener prächtigen Farbe, sie lobten diese nahezu greifbare Körperlichkeit und jenes gelungene Arrangement.

In solch unterschiedlicher Wahrnehmungsart offenbaren sich getrennte Welten. Man muss nur, beispielsweise in Münchens Alter Pinakothek, von der südsonnigen Malerei Poussins und der italienischen Renaissance-Meister zu den düsteren Bildern Dürers wechseln, um zu verstehen, was ich meine. Dessen *Selbstmord der Lukretia* ist sicherlich das hässlichste Gemälde der Welt (diese Frau erregt nicht nur niemandes Begehren, sie ist ein Monster). Dürer war ein großartiger Maler und vor allem ein phantastischer Zeichner, aber er hat wohl einfach unter der falschen Sonne und mit den falschen religiös-moralischen Prämissen gearbeitet. *Innerhalb* dieser Welt gibt es nichts Schönes, sagt seine Malerei, und wer will bestreiten, dass dieser Gedanke sehr protestantisch und sehr deutsch ist?

Trotz seines enormen Talents habe sich Dürer »nie zur Idee des Ebenmaßes der Schönheit, ja sogar nie zum Gedanken einer schicklichen Zweckmäßigkeit erheben« können, stellte Goethe lakonisch fest und fragte: »Sollen wir ewig als Raupen herumkriechen, weil einige nordische Künstler ihre Rechnung dabei finden?« Schönheit, sekundierte Thomas Mann, das sei »nichts Deutsches im Grunde und namentlich nicht Sache und Geschmack einer künstlerischen Deutsch-Bürgerlichkeit. In dieser Sphäre überwiegt das Ethische über das Ästhetische, oder richtiger: eine Vermischung und

Gleichsetzung dieser Begriffe hat statt, welche *das Häßliche* ehrt, liebt und pflegt. Denn das Häßliche, die Krankheit, der Verfall, *das ist das Ethische*«.

In einem sanft perversen Sinne ist die deutsche bildende Kunst also in den letzten hundert Jahren immer »ethischer« geworden, »kritischer«, »engagierter«, »revolutionärer«, wobei das kritische, umstürzlerische Pathos längst zur leere Attitüde erstarrt ist. Jahrhundertelang stand der Mensch im Zentrum der Kunst, heute seine Demontage. Der Leipziger Maler Neo Rauch sagte anno 2004 in einem Interview: »Wir haben uns an das Hässliche gewöhnt und scheinen das Schöne nicht einmal mehr zu vermissen. Denn an Schönheit kann man sich nicht gewöhnen, man erstarrt immer wieder in Ehrfurcht vor ihr. Ich glaube sogar, daß die Deutschen besonders anfällig sind für diese Abstumpfung gegenüber dem Schönen. Hier breiten sich ästhetische Schändlichkeiten geradezu epidemisch aus. Die Leute gehen in Unterwäsche auf die Straße und finden nichts dabei. Bei uns herrscht eine erschreckende Libertinage. Wenn Freiheit auf Kulturlosigkeit trifft, dann sind wir in der Hölle.« Wie wahr.

Machen wir uns nichts vor: Das Kapitel Malerei ist im wesentlichen abgeschlossen wie das der abendländischen Kunst überhaupt. Es wird sich kein grundsätzlich neuer Stil mehr bilden. Das mag traurig sein, doch auf der anderen Seite steht jedem der gesamte künstlerische Kosmos von zweieinhalb Jahrtausenden offen. Jede Stilepoche ist heute gewissermaßen gleich weit entfernt, die Idee des Antiquierten hier und des Modernen dort hat ihren Sinn verloren, nichts in der Kunst ist historisch im Sinne von »überholt«. Bis zu einem gewissen Alter glaubt der Mensch, mit der Zeit gehen und auch ihren künstlerischen Moden folgen zu müssen. Später lernt zumindest der eine oder andere, dass es ewige Kriterien gibt und nur weniges Bestand hat und dass man seine begrenzte Lebenszeit nicht unbedingt dem zufällig angesagten Tinnef opfern sollte, nur weil er zeitgenössisch ist. Es handelt sich hier übrigens nur um ein Urteil über die Kunst; ansonsten stimme ich durchaus dem Philosophen Ludwig Wittgenstein zu, der geschrieben hat, das Verschwinden der Künste rechtfertige kein absprechendes Urteil über die Menschheit. Womöglich hat sie künftig anderes zu tun.

So wie ich nahezu grundsätzlich polyphone Musik mag, liebe ich nahezu grundsätzlich italienische Freskenmalerei. Ich kann folglich nicht über Malerei schreiben, ohne des Augenblicks zu gedenken, als ich zum ersten Mal die Scrovegni-Kapelle zu Padua betrat und Giottos Fresken im Original erblickte. Dass ein Mensch etwas dermaßen Schönes zu schaffen und gewissermaßen gegen das Universum zu stellen vermag, ist eines jener übermenschlich-menschlichen Schöpfungswunder – wie *Das wohltemperierte Klavier,* wie *Der Ring des Nibelungen,* wie *À la recherche du temps perdu* –, deren Existenz mir die Frage nach dem Wozu meiner eigenen beinahe beantwortet. Zumindest solange die Kinder gesund sind.

SCHWEIGEN

»Gepriesen sei der Mensch, der nichts zu sagen hat und davon absieht, diese Tatsache durch Worte zu beweisen.«*

George Eliot

* Durchaus selbstkritische Einlassung des Autors

»Wer allein ist, ist auch im Geheimnis«, reimte Gottfried Benn, und der Aphoristiker Johannes Gross erklärte, alles Glück der Welt bestünde für ihn darin, die nächsten 24 Stunden nicht vor die Tür gehen zu müssen. Vollkommen einleuchtend. Ohne regelmäßige Einsamkeiten kann ein Geistesmensch schwerlich existieren – wobei sich der für viele negativ besetzte Begriff Einsamkeit auch durch Alleinsein ersetzen lässt. Alle bedeutenden Kunstwerke sind Geschöpfe der Einsamkeit. Das Gespräch mit den großen Toten ist nur in der Einsamkeit möglich. Ich wage darüber hinaus die These, dass nahezu sämtliche sinnvollen Gebrauchsgegenstände in einsamer Tüftelei entstanden sind und nahezu sämtliche überflüssigen als Produkte sogenannten Teamworks beziehungsweise kollektiven »Brainstormings«.

Einsamkeit bedeutet Sammlung, also das Gegenteil von Zerstreuung; sie ist der einzige Schutz vor dem allgegenwärtigen Geschwätz. Dafür muss man sich nicht unbedingt in die eigenen vier Wände zurückziehen. Ich befriedige zum Beispiel meine Neigung zum zeitweiligen Sozialautismus auch auf dem Rennrad. Das Rad ist eine fahrtwindbeschirmte Insel, auf der niemand anruft, an die Tür klopft, überhaupt etwas von mir will. Ich fahre besonders gern bei leichtem Regen im Voralpenland, wenn die Wolken tief hängen, die Wiesen dampfen und die Straßen leer sind. Dann ist es, als wenn die Welt in Watte läge. Die wenigen Töne sind gedämpft, still liegen die Gehöfte. Diese Einsamkeit ist ein Balsam für meine vom täglichen Gesichter- und Geredeschaum malträtierten Stadtmenschennerven.

Für sich sein sollte man nicht unbedingt, kann man indes auch beim Mahle (wenngleich Epikur mit gutem Grund sagt: »Ohne die Gesellschaft eines Freundes zu essen ist bestialisch«). Ich hatte eine Reihe schöner Frauen und fast ebenso viele fröhliche Zechkumpane am Tisch, aber die üppigsten Rechnungen habe ich als Solist gemacht. Man vermag sich viel besser auf einen großen Bordeaux zu konzentrieren, wenn man mit ihm allein ist. Früher oder später werden dann auch die Ideen vorstellig, wie sie im Zwiegespräch nur in seltenen Glücksfällen entstehen. Das ist übrigens der große Unterschied zum Radfahren: Dort leert man seinen Kopf, bei Tische füllt man ihn (oder er sich) mit Gedanken. Außerdem kann der solistische Restaurantgast seine Umwelt viel besser wahrnehmen als der durch Plauderei Abgelenkte. Vergleichbares gilt für Konzert- oder Theaterbesuche: Die tiefsten Eindrücke empfängt der Mensch gemeinhin, wenn er allein ist und nicht abgelenkt wird durch Gesellschaft, sei es die eines Freundes, der im unpassenden Moment eine Bemerkung macht, oder die einer Maid, welche beispielsweise im dritten *Parsifal*-Akt auf die immerhin großartige Idee kommt, ihm ihr Höschen in die Hand zu drücken.

Das am leichtesten zu habende Alleinsein besteht selbstredend darin, die Tür von innen hinter sich zu schließen. Wie wir von Pascal wissen, würden nahezu sämtliche Weltprobleme gar nicht erst entstehen, wenn sich die Menschen darauf verständigen könnten, öfter daheim zu bleiben. Egal ob für zwei oder vierundzwanzig Stunden: Es ist immer eine Idylle. Musik, Kaffee, ein Buch, und schon stellt sich bei mir ein Gefühl von Seligkeit ein. Auch der Schreibtisch ist ein guter Ort, um die Zeit zu vergessen und die Welt auszuhebeln. Jene Besessenheit, ohne die ein guter Text nicht zu schreiben ist, entfaltet sich nur in der Ungestörtheit.

Wer geistig unabhängig sein will, muss lernen, lange allein sein zu können. Ein Mensch, der mit sich selbst nichts anzufangen weiß, ist ein Abhängiger, angewiesen darauf, dass ihm irgendwer seine Zeit füllt, verdammt dazu, irgendwelchen Vorgaben zu folgen. Nebenbei ist er der ideale Konsument, mit gläsernen Bedürfnissen. Die Diktaturen des 20. Jahrhunderts haben ihre Menschensklaven möglichst rund um die Uhr betreuen und beäugen wollen. »Big brother is watching you«, das heißt: Du bist nie allein. Allein könntest du auf eigene Gedanken kommen und dich vom Kollektiv ausschließen (heute formiert sich die Nutztierherde im Gatter der »Teamfähigkeit«).

Alleinsein verschafft Distanz – man stellt sich den Menschen und Dingen gegenüber. Nur der Einsame, notierte der Aphoristiker Nicolás Gómez Dávila, sei in der Lage, mehr als taktische Wahrheiten zu denken. Nahezu jeder tiefe Gedanke und gewiss jede Versenkung, ob nun ästhetisch oder spirituell, vollzieht sich in der Einsamkeit. In irgendeiner einsamen Nacht begreift der Mensch auch zum erstenmal, dass dieser Körper eines Tages tatsächlich sterben wird.

Das Alleinsein macht den Menschen, wie Nietzsche bemerkte, zugleich härter und gütiger. Als lüde man seine seelischen Batterien auf, stärkt die temporäre Zurückgezogenheit immer wieder von neuem für den Kontakt zur Welt. Menschen, die von Meeting zu Meeting hetzen, haben einfach nichts zu sagen.

Ist es nicht vermessen, ein solches Großthema hier in ein paar Zeilen überhaupt aufgreifen zu wollen? Absolut. Noch vermessener wäre es freilich, diesen fundamentalen Lebenswert unerwähnt zu lassen. Wie die bedeutenden Werke der Kunst gehören die großen Texte der Philosophie zu jenen Reichtümern, ohne die zumindest mein Dasein leer wäre.

Von Sokrates stammen die Frage: Bist du dir dessen auch sicher? sowie der Gedanke, alles Philosophieren sei Vorbereitung aufs Sterben. Kant führte das Reinheitsgebot in die Metaphysik ein, die radikale Skepsis gegen alles bloß Spekulative und Erdachte, indem er zeigte, wie unheilbar subjektiv unser Denken ist; trotzdem verlieh er dem bedeutendsten aller Gemeinplätze, Großmutters *Das tut man nicht,* die philosophische Weihe. Schopenhauer hat erklärt, seine Philosophie habe ihm zwar wenig eingebracht, aber viel erspart. Nietzsche notierte, Weltanschauungen seien Gefängnisse, er lehrte das geistige Nomadentum, den fröhlichen Seitensprung vom allgemein akzeptierten Denkweg und die Unabhängigkeit vom moralischen Druck der priesterlichen »Verbesserer« des Menschen. Heidegger wies darauf hin, dass das größte aller Wunder darin bestehe, dass überhaupt Seiendes *ist* und dass einzig der Mensch dazu befähigt (wenn nicht gar bestellt) sei, dies Sein zu denken (wenn nicht gar zu hüten). Damit sei jener Kosmos holzschnittgrob umrissen, in welchem sich die für mich maßgebliche Philosophie abspielt. Die Betonung liegt auf grob; jeder dieser Autoren ist eine Schatzkammer, deren Inventarliste so lang sein müsste wie ihr Werk oder sogar noch länger, da immer mal wieder ein hochbegabter oder hochbedürftiger Leser auftaucht, der darin etwas findet, was noch keiner vor ihm entdeckt hatte und von dem sogar der Autor selber manchmal noch nichts wusste.

Jedes bedeutende philosophische Werk ist eine Selbstermächtigung zum Denken. Wer sich auf ein solches Opus einlässt, wird von ihm emporgetragen, mit tiefen Einsichten beschenkt, gedanklichen Zumutungen ausgesetzt. Die Lektüre philosophischer Texte stellt oft erhebliche Anforderungen an den Leser. Sie führt ihn an die Grenzen seines Verstandes. Die *Kritik der reinen Vernunft*, die *Phänomenologie des Geistes*, *Die Gesellschaft der Gesellschaft*, das sind Achttausender abstrakten Denkens, die zu erklimmen viel Zeit, intellektuelle Anstrengungen und die Fähigkeit, sich in dünner Luft lange konzentrieren zu können, erfordern. Manche kehren deshalb schon beim Basislager wieder um. Wohl die meisten Kletterer lassen sich von akademischen Sherpas, Professoren in der Regel, auf die Berge geleiten und einen Teil des Gepäcks abnehmen. Ich gehöre zu den Wochenendausflüglern und gelegentlichen Alleinbesteigern, das hat sich biographisch so ergeben. Mag sein, dass ich mich dauernd in der Route geirrt und verstiegen habe, vermutlich bin ich auch nie tatsächlich zum Gipfelpunkt gelangt. Doch über den Wolken bin ich zuweilen gewesen. Ich habe zum Beispiel während der Besteigung von *Sein und Zeit* genau gesehen, wie der Dunst, in dem ich monatelang herumgetapert war (voller Zweifel, ob ich überhaupt zum Bergsteiger tauge und anfangs auch den lächerlichen Verdacht hegend, es handle sich womöglich gar nicht um einen Achttausender), wie dieser Dunst auf einmal wich und die Sonne durchbrach, eine der schönsten Sonnen, die mir je geschienen …

Der Philosoph ist der freieste aller Menschen, was manche seiner Zeitgenossen und viele seiner Leser zu Wutausbrüchen treibt. Der Leser, speziell der schlechte Leser, meint nämlich zuweilen, der Autor habe sich an ihm und seinen Bedürfnissen zu orientieren, wie sich ja auch die Eventmanager und Mobiltelefonhersteller an ihm und seinen Bedürfnissen orientieren. Der Philosoph schreibt aber ausschließlich über das, was *ihn* beschäftigt. Etwa über so absurde Dinge wie den Unterschied zwischen Seiendem und Sein, über die Weltalter, den sich selbst entfremdeten Geist, die ethische Reflexion der Moral oder die Frage, ob synthetische Urteile a priori möglich seien. Wütend wirft der schlechte Leser das Buch des Philosophen in die Ecke, wenn er eine Seite beim ersten Anlauf nicht versteht. Er ist nicht auf sich wütend, sondern auf dessen Verfasser. Was erlaubt sich der Philosoph! Denn der moderne Leser glaubt felsenfest, wenn er etwas nicht versteht, ist der Autor schuld (man kann amüsante Belege bei *amazon* nachlesen). Jedesmal, wenn irgendwo auf diesem Planeten ein Mensch eines der großen philosophischen Werke in die Ecke wirft, ertönt Gelächter vom Parnass. Es hat lange gedauert, bis ich jenes, welches mir galt, gehört habe. Ich bin zum Beispiel ein großer Heidegger-in-die-Ecke-Schmeißer gewesen, bis ich endlich begriffen hatte, worauf es bei ihm hinauswill mit der *Wahrheit des Seins*. Wenn man nämlich einmal die Route entdeckt hat, ist der Aufstieg plötzlich vergleichsweise einfach.

Andererseits hört die Philosophie niemals auf, die wirklich elementaren Fragen zu stellen. Was ist der Mensch? Wie soll er sein Leben führen? Warum gibt es das Böse? Woher kommen wir? Wohin gehen wir? Was ist schön? Gibt es die

Seele? Was ist Gerechtigkeit? Woher kommt der Gedanke? Was wäre die Sonne ohne die, denen sie scheint? Warum ist überhaupt Seiendes und nicht vielmehr nichts?

An dieser Stelle ist es noch hilfreich, darauf hinzuweisen, was die Philosophie *nicht* ist. Sie ist keine Wissenschaftstheorie, keine Soziologie, keine Kommunikationstheologie, kein Weltveränderungswerkzeug und keine Geschichtsmythologie. Odo Marquard hat Marxens berühmt-berüchtigte elfte Feuerbachthese umformuliert in: »Die Geschichtsphilosophen haben die Welt nur verschieden verändert; es kömmt darauf an, sie zu verschonen.« *Verschönen* wäre auch in meinem Sinne.

Wenn das Herz nichts Verbindliches spricht, ist die Philosophie die letzte Instanz, die einem die Frage beantworten kann, ob es sich überhaupt zu leben lohnt. Der Leser sollte Skepsis walten lassen gegenüber all jenen philosophischen Denkern, die sich den einfachen Fragen nicht stellen wollen. Der Philosoph ist gewiss nicht dazu da, Ratgeberlektüre zu verkaufen, doch die Frage nach dem gelungenen Leben bleibt der Glutkern allen Philosophierens. In den Worten von Ludwig Marcuse: »Wo es Philosophen gab, gibt es auch das rätselhafte Glück.«

FUSSBALL

Ist Fußball ein Lebenswert? Gott bewahre! Aber – da wir eben von Glück sprachen – was vermag mehr davon zu spenden als ein gelungener Spielzug oder das erlösende Siegtor in der zweiten Nachspielminute? Ich bin mir ziemlich sicher, dass Rickens 3:1 im Champions-League-Finale anno 1997 meiner Gesundheit förderlicher war als sämtliche Arztbesuche dieses Jahres. Nur: In welche Gesellschaft begebe ich mich damit?

Gut, ich könnte rückversichernd darauf insistieren, dass mit Pindar der erste Lyriker des Abendlandes Preislieder auf Athleten anstimmte, auch wenn es sich naturgemäß noch nicht um Fußballer handelte und er die Wagenlenker und Diskuswerfer nicht als Individuen rühmte, sondern als Gefäße göttlicher Inspiration und Wiedergänger der Heroen. Ich könnte etwas zeitnäher daran erinnern, dass sich mit Martin Heidegger einer der größten Denker der Menschheit für Fußball begeisterte und Franz Beckenbauer einen »genialen Spieler« nannte. Der Philosoph, der in seiner Jugend übrigens selber als Linksaußen spielte, schwärmte von der Ballbehandlung des Bayern-Leitwolfs und rühmte dessen »Unverwundbarkeit« in den Zweikämpfen. Ich könnte ferner darauf hinweisen, dass Eckhard Henscheid, einer der größten lebenden deutschen Autoren, eine nur mäßig ironische Hymne auf einen Fußballer geschrieben hat, nämlich auf den Koreaner Bum Kun Cha, der 1979 zu Eintracht Frankfurt kam; was heißt hinweisen, ich könnte sogar daraus zitieren:

»Wir
Sahen dich erstmals, Lieblicher, gegen Stuttgart,
– und das Herz war bezaubert, verzaubert bald
Gar. Ach! Wie du da Förster, den Holzer,
Versetztest und Martin, den Rammler, so daß selbst
Sie dein Lob dann sangen – wie du dich
Schlängeltest durch die Abwehr – um endlich,

> Endlich, kurz nach der Halbzeit, hoch in die
> Lüfte dich reckend, die Flanke von Borchers
> Nahmst mit der Stirn, der klugen, das
> Leder versenktest im rechtesten Toreck …«

Kurzum, es gibt durchaus Gründe, sich Fußballspiele anzuschauen, nämlich die unvergleichliche Spannung, die eine Partie zu erzeugen vermag, und die schiere Schönheit. Ich weiß, es grenzte an Banauserie zu sagen, der Fußball sei in einem Maße ästhetisch geworden, dass er allmählich der Kunst den Rang abliefe – aber die Ballbehandlung eines Mario Götze, sein leichtfüßiges Zusammenspiel mit Marco Reus, hat das nicht Ähnlichkeit mit einem Mozartschen Presto? Betrachtet man die – gottlob in Zeitlupe unendlich wiederholbare – Schönheit eines gelungenen Spielzugs nicht mit einem ähnlichen ästhetischen Wohlgefallen wie ein klassisches Ballett? Fußball kann Kunst sein. Und noch öfter Drama.

Nein, ich gehe weder ins Stadion noch an einen anderen Platz des Gruppenguckens (»public viewing«), und dennoch will ich diese modernen Kultstätten nicht missen. Das Fußballstadion ist eine archaische Sphäre. Auf dem Platz imitieren Männer das Jagdrudel von ehedem und kämpfen gegen ein anderes Rudel, weshalb dieser Sport sich bislang der Verweiblichung erfolgreich entzogen hat. Die Ränge bilden den Ort der Parteinahme, der emotionalen Aufwallung, der Enthemmung, der Triebabfuhr. Das Stadion gehört zu den raren Klausuren, wo der von Verhaltensvorschriften und Tabus umstellte moderne Mensch sich noch gehenlassen kann. Die Fankurve ist die letzte Bastion gegen den Totalitarismus der Toleranzerzwinger. Hier hüten von den

Medien sonst gern übersehene Normalos das heilige Feuer des temporären Menschenrechts, sich danebenzubenehmen, zu fluchen, zu höhnen, sich maßlos zu echauffieren und dem Gegner unzivilisierte Beleidigungen zuzubrüllen. Ich erledige dasselbe allein vorm Fernseher. Aber es muss erledigt werden! Wenn dann noch der befreiende Siegestreffer, zwanzig reizvolle Spielzüge und ein paar kühle Biere hinzukommen, bin ich bereit, von einem gelungenen Tag zu sprechen, ganz egal was dieser Tag an Kümmernis und Plage sonst bereithalten mag.

ANZÜGE

Das Gefühl, gut gekleidet zu sein, notierte der amerikanische Denker Ralph Waldo Emerson, verleihe dem Gemüt eine Ruhe, wie sie die Religion nicht geben könne. Wie überall sind die ästhetischen Kriterien auch in dieser Frage durch die beiden großen massengesellschaftlichen Feinde des Kultivierten, das Praktische und das (Allzu-)Bequeme, durcheinandergeraten. In seinem italienischen Reisetagebuch zitiert Joachim Fest den Chef eines Hotels im sizilianischen Taormina: Früher, erzählte ihm dieser, seien die Gäste im Smoking zum Dinner erschienen, in ihrem Auftreten sei alles Konvention gewesen, und die Besonderheit habe sich in den Gedanken und der Phantasie gezeigt. Heute gebe es die Verbindung von Regel im Äußeren und Unverwechselbarkeit im Wesen nicht mehr: »Die Dinge haben sich umgekehrt. Einer ist wie der andere. Aber zum Essen erscheint jeder im grotesken ›Relax‹. Das ist die ganze Individualität.«

Eine Individualität, die zuvor nicht durch die Zwänge von Kollektivität und Konvention gegangen ist, kann nur grotesk ausfallen. Was die schrankenlose Freiheit bekleidungsästhetisch bedeutet, lässt sich heutzutage in jeder Stadt der westlichen Welt besichtigen. »Das Unheimliche beginnt, wenn man jeden Sinn für öffentliches Angezogensein verloren hat«, notierte Botho Strauß. Dieses Phänomen ist neueren Datums. Filme aus den angeblich so piefigen 50er Jahren des vorigen Jahrhunderts, europäische wie amerikanische, zeigen ein anderes Bild (und diese Gesellschaft war finanziell ärmer als die heutige): Der Gentleman galt noch als modisches Leitbild, und die Frauen zeigten ihre Höschen erst her, wenn es soweit war. Freizeitmode ja – aber gebügelt. Der Unterschied zwischen Mike Tyson und Sonny Liston mag im Boxring gering gewesen sein, im Knast waren sie ebenfalls beide, aber Liston trug, wenn er auf die Straße oder zur Pressekonferenz ging, Anzug, Hut und Krawatte. In den mediterranen Ländern hat sich, vor allem in der älteren Generation, diese schöne Gepflogenheit erhalten, woran die Sitte des Kirchgangs nicht unbeteiligt ist. Für eine gewisse Verbindlichkeit des Huttragens sorgt im Süden die Sonne, wobei sich die Schrecken der Baseball-Kappe gewiss auch dort in fünfzig Jahren vollständig etabliert haben werden (von italienischen Designern, wie ich hoffe, etwas abgemildert). In unseren Breiten indes ist der Hut nahezu verschwunden, vermutlich weil es dem egalitären Empfinden als anstößig gilt, ihn vor jemandem zu ziehen.

Irgendwann – ich würde sagen: in den 70ern – ist diesem Land und womöglich dem gesamten Kontinent der Geschmack abhandengekommen. Bevor sich die Abscheulichkeiten der Freizeitmode durchsetzten, wurde der Westen wie von Geisterhand und gewissermaßen als Artillerievorbereitung für den Durchbruch von Jack Wolfskin & Co. in ein Meer brüllender Farben und närrischer Schnitte getaucht, und seitdem ist nichts, wie es war. Der von allen Konventionen befreite heutige Großstädter hat in der Regel keine Ahnung mehr davon, was noch vor kurzem der immobilste Provinzler wusste: wie er sich zu kleiden hat.

Dabei ist gerade beim Mann die Antwort denkbar einfach. Man stecke einen x-beliebigen Kerl in einen schlank geschnittenen dunklen Anzug, ziehe ihm ein weißes Hemd dazu an, und er wird sofort passabel ausschauen. Schlank geschnitten ist allerdings ein Muss, ein Sakko ist kein Zelt, und Hosen sind keine Fahnen, die an behaarten Masten im Wind flattern sollen. Wer zu dick ist, sollte halt abnehmen oder sich den Stoff wenigstens auf den Leib schneidern lassen. Die Hosen müssen übrigens bis zu den Schuhen reichen. Der Stoff darf nicht knittern. Die erlaubte Abweichung von der Regel hört auf den Namen Tweed.

Die Farbe des Anzugs muss dezent sein. Kein Lachs, kein Gelb, kein Königsblau. Dasselbe gilt für jene des Hemdes und der allfälligen Weste. Goldknöpfe sollte nur tragen, wer gerade sein drittes Bordell eröffnet hat. Für eine gewisse Abwechslung ist einzig die Krawatte zuständig (aber nicht notwendig). Einstecktuch? Warum nicht. Spätestens seitdem die auch modisch über nahezu jeden Geschmack erhabene Literaturkritikerin Sigrid Löffler dem Literaten Martin Mosebach eine reaktionäre Gesinnung vorwarf und diese schöne Eigenschaft äußerlich an dessen nahezu notorischer Einstecktuchtragerei festmachte, darf dieses Accessoire als ästhetisch rehabilitiert gelten. Sein Muster sollte übrigens keineswegs jenem der Krawatte gleichen. Das ist schon alles. Die weitere Dekoration des Planeten bleibt Sache der Frauen. Die Mode ist für sie da, nicht für ihn. Einem Mann, der mit seiner Kleidung irgendeinem von sonstwem ausgerufenen Trend folgt (so wie es irgendwann einmal *trendy* sein wird, auf allen Vieren zu gehen und an jeder Straßenlaterne sein Bein zu heben), wird stets etwas Fatzkehaftes anhaften. Immer wenn ich einen Kerl sehe, der auf seinem Körper ein Bekleidungsproduzentenlogo herumträgt und zur Schau stellt, muss ich an die antiken Sklaven denken, die auf dem Halseisen den Namen ihres Besitzers trugen. Über Turnschuhe im zivilen Leben muss, zumindest ab einem gewissen Alter, kein Wort verloren werden.

Der Anzug schafft eine gewisse Distanz zwischen den Menschen, ungefähr wie das *Sie* gegenüber dem *Du*. Er schützt die Privatperson. Insofern ähnelt er durchaus einer Rüstung. Der Anzug ist ein friedlicher sozialer Harnisch, der legitime Erbe der Uniform. Es waren ästhetisch glückliche Zeiten, als Militär das Straßenbild zierte. Man muss in der Geschichte der europäischen Armeen lange oder sogar vergeblich suchen, bis man eine Uniform findet, die ihren Träger nicht kleidete; das brachten erst die europäischen Gesellschaften der jüngsten Gegenwart zustande, deren ja nicht unehrenwerter Pazifismus nicht eher ruhte, bis der Soldatenkluft alles Fesche, Schmissige und Stolze geraubt war, wie speziell die Narrenkleider der Bundeswehr zeigen.

Traditionelle Uniformen betonten nicht nur die Figur des Trägers und förderten somit dessen gute Haltung, sie stellten zugleich eine gewisse Chancengleichheit des Aussehens her und befreiten ihren Besitzer von dem Zwang beziehungsweise der Einbildung, insbesondere über sein Äußeres Individualität zu demonstrieren. Ich glaube nicht, dass sich jemals ein wahrhaft bedeutender Mensch durch ein exzentrisches Erscheinungsbild zu erkennen gegeben hat. Am besten, man begänne heute wieder mit Schuluniformen. Der Markenvergleichs-Blödsinn und die Familieneinkommens-Zurschaustellung auf den Schulhöfen verschwänden, die Präsentation der Armut desgleichen, die Mädchen liefen nicht wie Nutten herum, die Buben nicht wie Nachwuchs-Rapper oder Popkasper. Die Schüler könnten sich ganz darauf konzentrieren, durch ihre Leistungen Unterschiede und Rangordnungen herzustellen. Überdies wäre der Anblick eines gefüllten Klassenzimmers wieder ein ästhetisch befriedigender.

Ein Mensch im Anzug sieht nicht nur solider aus, er benimmt sich automatisch auch besser – und wird umgekehrt besser behandelt. Sogar seine Bewegungen und seine Mimik werden sich auf Dauer dem gehobeneren Bekleidungsstand anpassen. In diesem bisschen Stoff materialisiert sich nahezu die gesamte Idee der Zivilisation.

BÜCHER

Funktionell, nein: funktionalistisch betrachtet ist das Buch ein Speichermedium von grotesken Ausmaßen, eine Art Brontosaurus der Informationsübertragung, nur vom Obelisken (Brachiosaurus) übertroffen. Heutzutage passt der Datenbestand einer Bibliothek quasi in die Jackentasche, womit erstere in gewissem Sinne überflüssig geworden ist. Als emsiger Nutzer eines iPods trage ich nicht nur meine sämtlichen musikalischen Hausgötter ständig mit mir herum, sondern auch einen nicht unerheblichen Teil meiner literarischen, weit mehr als 1000 CDs, und das alles in der Tasche! Ich weiß die komprimierenden Fähigkeiten der modernen Elektronik also durchaus zu schätzen und zu bestaunen. Ich fände es allerdings absurd, Belletristik auf einem Bildschirm zu lesen. Dagegen kommt mir die Idee nicht mehr abwegig vor, sogenannte Nachschlagewerke vorwiegend elektronisch zwischenzulagern (schöne alte Enzyklopädien ausgenommen), denn deren Inhalt verändert sich sowieso ständig. Freilich muss man auch in diesem Fall penibel darauf achten, dem Zeitgeist nicht auf den Leim zu gehen und mit den alten Nachschlagewerken zugleich überzeugende alte Denkansätze fortzutun. Aber wenn mir jemand die Digitalisierung meiner Bibliothek vorschlüge, weil ich damit Platz sparen könne, ich tät' ihm einen Vogel zeigen. Hölderlin als E-Book, das wäre, als tränke man einen 1961er Château Latour aus einem Plastikbecher.

Jeden Morgen, wenn ich dieses Zimmer betrete, erlebe ich den magischen Moment des Eintritts in die dort gelagerten geistigen Bemühungen von Jahrhunderten. Die Bibliothek ist stets der stillste Raum des Hauses; Bücher verbreiten die erhabene Ruhe zeitfernen Existierens (erst nachts, wenn alles schläft, beginnen sie zu wispern und zu tuscheln). Die Bibliothek ist ein anheimelnder und durch die Ordnung der Buchrücken ästhetisch befriedigender Ort. Sie verspricht Bildung, Erbauung, Erregung, Amüsement – und Trost. Sie umschließt mich. Sie nimmt mich auf.

»Was für eine Herrlichkeit war bei uns zu Hause ein Buch!« rief in einem Interview verzückt der Dichter Peter Handke. Noch knapp vor dem Wein, der Musik und den Dessous halte ich das gebundene Papier für die bedeutendste Kulturtat des Menschengeschlechts. Was kann einen größeren zugleich sinnlichen und geistigen Genuss bieten als das Aufschlagen eines Buches? Ein Buch lebt. Es besteht aus organischem Material, in ihm existiert der Baum fort, aus dem es gemacht ist, und die Seiten rascheln beim Umschlagen. *La carta canta,* sagt der Italiener. Gut gemachte Bücher sind bereits ein Fest für das Auge und die Hände. Die Gegenwart eines Regals, in dem ein Sortiment von Manesse-, Tusculum- und Deutscher Klassiker Verlag-Büchern steht, versetzt mich in einen euphorisierten Zustand. Gepriesen seien an dieser Stelle: das Lesebändchen, das Frontispiz, die Schriftprägung auf dem Buchdeckel und der Goldschnitt. Letzterer führt uns in die antiquarische Sphäre. Alte Bücher erzählen Geschichten von sich wie alter Wein. Sie haben Runzeln bekommen, Gerüche aufgesogen, Besitzer gewechselt, die Bombennächte überlebt, auf Dachböden, in Kirchenkellern, in Antiquariaten still gewartet, bis jemand sie in die Hand nimmt und aufschlägt und in Verzückung gerät darüber, dass es sie überhaupt noch gibt.

Ich bin nicht im konservatorischen Sinne bibliophil, ich streiche an, mache Eselsohren und Randbemerkungen, das Buch ist mir heilig als allgemeine Idee, selten als konkrete Erscheinung, denn ich glaube nicht an das Weiterleben meiner Bücher nach meinem Tod. Aber ich lege Wert auf Reinlichkeitskriterien bei der Zusammenstellung im Regal. Neunkommaneun Zehntel von dem, was heutzutage gedruckt wird, gehören nicht zwischen zwei Buchdeckel. Wie die ägyptischen Hieroglyphen in der Spätzeit unkrautartig zu wuchern anfingen, wuchern in der Spätzeit des Abendlandes die Erzeugnisse des sogenannten Literaturmarktes, auf welchem das Buch zur Ware erniedrigt wird (von all den Ratgebern, der sogenannten Frauenliteratur oder den ghostgewriteten Selbstdarstellungen sogenannter Prominenter zu schweigen). Ich mag keine Taschenbücher, so praktisch sie auf Reisen sein mögen, sie wirken letztlich doch immer schäbig, sie bleiben aufgeschlagen nicht liegen, sondern klappen dauernd zu, ihre Deckel knicken ein, und bei besonders inniger Lektüre lösen sie sich schnell in ihre Bestandteile auf. Idealerweise sollte man das Buch dann doppelt besitzen, einmal fürs Regal, einmal für die Reise. Mich stößt es ab, wenn auf den Büchern Szenen aus der Verfilmung abgebildet sind, was ein Stück der Phantasie des Lesers tötet, auch wenn es Sophie Marceau als Anna Karenina ist, und ich vermeide es, Bücher zu kaufen, auf deren Rückdeckel eine dieser sich mit aufdringlichen Superlativen wichtig machenden Kritikerschwafeleien gedruckt steht (auf nahezu jedem Buch steht heutzutage, dass es das beste ist). Der natürliche ästhetische Feind des Buches ist das Marketing. Früher hüllten sich Bücher in zwar wundervoll gestaltete Umschläge, aber sie wirkten verschlossen wie schöne Frauen, die ihren Körper nicht gleich zur Gänze und jedem Vorübergehenden herzeigen mögen. Heute schreien sie mit Bildern und grellen Titeln nach Aufmerksamkeit wie Straßenhuren, und die Kritikersätze auf den Buchrücken haben die Funktion einer Leuchtreklame, die sich nur leider nicht mehr abschalten lässt. Wer Bücher liebt, muss Bücher wegschmeißen können.

Überhaupt bestünde eine ideale Bibliothek nahezu durchweg aus Werkausgaben und umfasste nicht allzu viel Gegenwärtiges. Was ich mit Reinlichkeit meine, betrifft zudem das Nebeneinanderstellen von Autoren. Es gibt Bücher, die sich nicht vertragen. Zum Beispiel passt Kant nicht neben de

Sade, Heidegger nicht neben Adorno, sollte man Schopenhauer nicht neben Hegel stellen ohne wenigstens eine puffernde Schelling-Ausgabe dazwischen. De Maistre verträgt sich nicht mit Voltaire, Nabokov nicht mit Dostojewski und Proust nicht mit Céline. Aber das führt jetzt vielleicht wirklich zu weit …

Appendix: HÖRBÜCHER

Es gehört zu den großen Annehmlichkeiten, welche die Technik meinem Leben bescherte, dass ich mir meine Lieblingsbücher daheim oder auf Reisen vorlesen lassen kann, zuweilen gar vom Autor selbst. Die im Vorkapitel erwähnte Möglichkeit der Datenkomprimierung versetzt mich in die kommode Lage, stets eine kleine Bibliothek in der Tasche zu tragen. Dazu gehören etwa *Ilias* und *Odyssee, Hamlet* und *Faust,* der *West-östliche Divan* und die *Römischen Elegien, Kirschgarten* und *Kreuzersonate, Tristram Shandy, Madame Bovary* und *Der Mann ohne Eigenschaften,* der Briefwechsel zwischen Goethe und Schiller, Turgenjew und Flaubert, Richard Strauss und Hugo von Hofmannsthal, der ganze Proust sowieso. Ich befinde mich allerwegs in bester Gesellschaft. Das hat etwas ungemein Beruhigendes.

Was die Vortragenden angeht, treten bei den Hörbüchern ähnliche Nuancen zutage wie bei den Pianisten. Gerade wenn literarische Texte vorgelesen werden, offenbaren sie ihre Mängel, und auch die bedeutendsten Interpreten sind nicht imstande, aus solchen Texten mehr herauszuholen als ein großer Virtuose etwa aus einer trivialen Filmmusik. Theoretisch sollte daraus folgen, dass nur Hörbücher von Autoren aufgenommen werden, die sich jeden Satz penibel überlegt und exakt gemeißelt haben. Der Gang vor das Hörbuchregal einer beliebigen Buchhandlung bezeugt freilich das Gegenteil. Scheren wir uns nicht darum und sehen wir lieber nach den Vorlesern.

Als deren »König« galt oder gilt Gert Westphal, und sofern er Prosa vorträgt, mag das weiterhin gelten (Gedichte sind seine Sache weniger, weil er aus dem Prosaton nicht herausfindet). Speziell um das Werk Thomas Manns hat er sich verdient gemacht. Westphal besaß eine erstaunliche Fähigkeit, in verteilten Rollen zu sprechen, ohne dabei seine Stimme zu verstellen, und sein salbungsvoller Duktus passt ideal zu Manns kunstfertiger und zuweilen auch kunstgewerblicher Sprache. Sehr eindrucksvoll führt er den Leser aber auch in die düstere Seelenwelt von Dostojewskis Raskolnikow, man liegt als Hörer sozusagen mit in der Kammer des allmählich an seiner Tat irre werdenden und sie schließlich herausschreienwollenden Mörders. Westphals *Zauberberg* war mein Premieren-Hörbuch und sozusagen Liebe auf den ersten Satz.

Für meinen Geschmack sind die solistischen Lesungen den Hörspielen gründlich überlegen, wenngleich es Ausnahmen gibt, die aber stets nur einzelne Rollen betreffen. Nie habe ich eine Frau, von der ich nicht einmal wusste, wie sie aussieht, so sehr begehrt wie nach dem Walpurgisnacht-Kapitel der *Zauberberg*-Hörspielfassung Karina Krawczyk alias Clawdia Chauchat, wie brennend gern hätte ich mit Hans Castorp getauscht, um mit ihr zu plaudern und mir danach den Bleistift zurückzuholen. Hochinteressant ist übrigens die grundverschiedene Darstellung des Hofrats Behrens, seit je meine Lieblingsfigur auf dem Zauberberg, in Hörspiel und Hörbuch: In ersterem wird er von Friedhelm Ptok als aasiger Zyniker gegeben, bei Westphal indes erscheint er als ein Mann, der seine depressionsnahe Daseinsverstimmtheit hinter kerniger Derbheit verbirgt. Aber das Hörspiel ist letztlich immer dümmer als das Hörbuch und für mich eigentlich verzichtbar.

Westphals bedeutendste Leistung ist seine Lesung von Manns Josephs-Tetralogie in einer freilich stark gekürzten Version, die 30 CDs umfasst (eine 31. mit dem Kapitel »Die Damengesellschaft« kam später noch als Nachschlag). Zur epischen Übergröße dieser gleichsam von oben erzählten Menschheitssage fügt sich sein hoher Ton kongenial; er ist der absolute, aber teilnehmende Beobachter, er schaut in der Zeiten Tiefe in alle Winkel und alle Herzen, allerdings mit Nachsicht und Zärtlichkeit. Unendlich ergreifend und wie mit zugeschnürter Kehle liest er von Rahels Tod (ich habe die Stelle später immer übersprungen, das hält ja kein Mensch aus). Unter den zahlreichen Perlen seines Vortrags will ich das Ende des zweiten Buches hervorheben. »Ach, frommer Alter!« spricht der Erzähler den Jaakob an: »Da du jung warst im Fleische, zeigte dir ein Morgen als Trug und Wahn dein innigstes Glück. Du wirst sehr alt werden müssen, um zu erfahren, daß, ausgleichshalber, Trug und Wahn war auch dein bitterstes Leid.« Das sollte man gehört haben.

Nachdem wir hingegeben lauschend sozusagen den belletristischen Pamir überquert haben, bleibt nurmehr noch der Himalaja (ich bitte die Alpinisten um Nachsicht für meine Metaphern), der seit kurzem erschlossen ist. In den vergangenen Jahren erschienen peu à peu die sieben Bände von Prousts *Recherche* als Hörbücher, in der unübertroffenen Übersetzung der Eva Rechel-Mertens, sie sei gebenedeit unter den Weibern, und in gottlob ungekürzter Fassung. Es handelt sich um überschaubare 127 CDs mit 160 Stunden Laufzeit, gelesen von Peter Matić, Burgschauspieler und bekannt als Stimme von Ben Kingsley, was mich zirka zehn Minuten lang etwas und dann nie mehr wieder störte. Zahllose Schönheiten dieses Romans aller Romane sind mir erst durch den Vortrag von Matić aufgegangen. Eines der Hauptmerkmale jedes großen Autors besteht ja darin, dass er dem Leser sein Tempo aufzwingt. Jeder Proust-Connaisseur weiß um die Schwierigkeiten der inneren Atemführung und Phrasierung bei den fein gefügten, aber gleichwohl endlosen Sätzen. Matić, der Rhapsode, feiert jedes Komma. Und diese Stimme! Präzise, sonor, warm, leicht nasal, mit klingender Konsonantenbildung (bei Sängern spricht man von einer Tonproduktion »in der Maske«), gewissermaßen halb Trompete, halb Bassklarinette, es ist ein Genuss sondermaßen. Matić macht deutlich, dass es sich bei Proust um Musik handelt und nichts als Musik, bis zum finalen Akkord auf – natürlich – dem Wort »Zeit«.

Dem Wiener an stimmlicher Musikalität und Suggestivkraft ebenbürtig – und in seiner zerbrechlichen Unergründlichkeit als Vortragskünstler noch überlegen – war der große Schauspieler Thomas Holtzmann, er ruhe in Frieden. Wenn wir schon bei Instrumenten sind, verkörperte Holtzmann mit seinem vermutlich von ihm selbst kaum zu kontrollierenden Tremolo das Fagott unter den Stimmen. Leider hat er seine Zeit gleich an drei Romane respektive Rohrspatziaden von Thomas Bernhard vertrödelt, die ich mir dennoch alle drei gekauft und x-mal angehört habe, weil ich nicht wollte, dass

Holtzmann zu lesen aufhört; ich hätte mir von ihm auch das BGB vorlesen lassen. Für die Insel oder die Ewigkeit existiert Holtzmanns *Odyssee,* leider arg gekürzt, aber für meine Begriffe die Krönung der Gattung Hörbuch.

Als Holtzmanns Pendant hat sich Rolf Boysen, einer aus dem Geschlecht schauspielernder Titanen und, wenn ich es recht sehe, der letzte von ihnen, sowohl auf den allgemeinen als auch auf meinen privaten Olymp gespielt. Ein gütiger Gott, wahrscheinlich Pallas Athene, muss dem alten Mimen geraten oder befohlen haben, sich im Zuge seines allmählichen Bühnenabschieds verstärkt öffentlichen Klassikerlesungen zu widmen, und Boysen, der sich bis dato auf diesem Sektor nur mit *Moby Dick* und etwas Kleist hervorgetan hatte, schüttete sein Füllhorn aus: *Ilias, Aeneis, Metamorphosen, Die göttliche Komödie, Nibelungenlied, Parzival, Tristan und Isolde.* Wobei es der Begriff Lesung bei dem alten Löwen nicht trifft, es handelt sich um dramatische Darbietungen, rezitatorisches Zyklopenwerk, Ein-Mann-Schauspiele, vorgetragen mit dem rauhen, kernigen, teils lauernden, teils ruppig-eruptiven Boysen-Organ, das wie geschaffen ist für die Heroen der Vorzeit. Ich schrak beim ersten Mal förmlich zusammen, wie er am Beginn der *Ilias* das Wort »Zorn« herausbellte. Auch diese *Ilias* ist schrecklich gekürzt, ja verstümmelt, es fehlt zum Beispiel die Beschreibung des prächtigen Schilds, welchen Hephaistos im 18. Gesang dem Achill schmiedet, die ja nichts weniger als eine Darstellung der antiken Welt *in nuce* ist, doch Boysens Darbietung fand vor Publikum und nicht im Studio statt, weshalb Streichungen wohl unvermeidlich waren. Die Kunst des Vortragenden wird von alldem nicht berührt.

Es ist inzwischen üblich, dass die Autoren selbst ihre Werke vor Publikum zu Gehör bringen. Die einen können es, die anderen weniger, und viele haben die Gründe, schlecht und nuschelig zu lesen, bereits vor der Lesung zu Papier gebracht. Dieser Vorwurf trifft Thomas Mann nicht im geringsten, und vermutlich war er obendrein der beste Vorleser überhaupt. Mit oblatenhaft zerbrechlicher Stimme, alle Nuancen und Pointen wie ein Wein-Kenner genüsslich auskostend, mit der gebotenen Selbstgefälligkeit, ja Selbstberauschtheit trug er seine eigenen Texte vor – nicht willkürlich titulierte ihn seine Familie den »Zauberer«. Ich lausche ihm allzeit gern und bedauere angehörs der kurzen Passagen aus dem *Erwählten* und dem *Joseph*, dass er ungleich mehr Mitschnittszeit auf den *Felix Krull* verwendet hat. Heimito von Doderer indes, der Mann als Autor ja mindestens ebenbürtig ist, steht mit seinem übertrieben scharfen, expressionistischen Duktus als Selbstvorleser deutlich in dessen Schatten.

Sein eigenes Werk zu großen Teilen im Rundfunk gesprochen hat auch Gottfried Benn. Ich bin kein Bewunderer seiner Gedichte, was weniger damit zu tun hat, dass ich in die schlechte Gesellschaft derjenigen geriete, die vom »Sound« der Bennschen Lyrik sprechen und sich selber für moderne Brachial-Monaden halten, sondern vielmehr daher rührt, dass für meine Begriffe bei fast jedem dieser Gedichte allzu deutlich der Kerneinfall im Kontrast zum nachträglich Drumherumgestrickten steht. Dagegen schätze ich den schnoddrigen Nihilismus seiner Essays durchaus, und wie Benn diese Texte in leicht schläfriger Weltferne vorträgt, hat etwas Narkotisches: »Ich habe Größeres nicht gesehen als den, der sagen konnte: Trauer und Licht, und beides angebetet.«

FILME

Gut gemachte Filme sind inzwischen zwar recht häufig, wirklich gute indes seltener als Perlen. Ein Film, der gut unterhalten, ja sogar gefesselt hat, dessen Wirkung eine Stunde nach seinem Ende allerdings verraucht ist – und da gibt es wenige Ausnahmen –, scheint mir nicht der weiteren Rede wert zu sein. Doch hat dieses Genre einige Erzeugnisse hervorgebracht, deren Wirkung an jene großer Literatur heranreicht. Mit der Literatur haben sie gemeinsam, dass ihre Qualität weit mehr in der Kunst des Regisseurs (vulgo: des Autors) gründet als im gewählten Sujet oder »Plot« und dass die Wunder darin nur einige Sekunden (vulgo: Zeilen) währen.

Nehmen wir als Beispiel die Verfilmung eines der bestgeschriebenen Romane aller Zeiten durch einen der besten Regisseure (wobei ich mich in dessen Fall der Meinung Jack Nicholsons anschließe, dass sogar die Aussage, er sei der beste gewesen, noch untertrieben sei). Nabokovs *Lolita* ist ohne die Sprache des Verfassers eine eher schmutzige und auch langweilige Geschichte; sie ist letzteres übrigens auch mit dieser Sprache, was einige lüsterne Zeitgenossen Nabokovs verärgert haben mag, denen das Buch wenig Kitzel bot. Stanley Kubrick hat *Lolita* in seiner frühen Zeit noch in Schwarzweiß gedreht, und wie fast alle Verfilmungen großer Literatur ist dieser Streifen nicht im Ansatz geeignet, das Buch wiederzugeben. Aber es gibt eine Szene, in welcher Kubrick mit seinen Mitteln gewissermaßen das Nabokovsche Level durchbricht: Humbert Humbert hat Lolita vom Ferienlager abgeholt und erklärt ihr während der Fahrt im Auto, dass ihre Mutter erkrankt sei und vorerst nicht besucht werden dürfe, sie beide würden zunächst im Hotel übernachten müssen. Dann passiert nichts weiter, als dass Kubrick die Kamera auf Lolita hält, die ihren Stiefvater von der Seite anschaut, wobei sie allmählich, aber nur äußerst vage und ahnungshalber zu begreifen scheint, was gespielt wird, kaugummikauend lässig und absolut unängstlich, wenngleich hauchzart stirnrunzelnd, mit der für ihr Geschlecht typischen halb geschmeichelten, halb spöttischen Reaktion aufs Begehrtwerden, wobei diese Reaktion noch keine wirkliche ist, sie ist kaum stärker und bewusster als der Flügelschlag eines Schmetterlings ...

Mit Kubrick beginnen heißt von oben beginnen, aber ohne den Amerikaner würde ich dieses Kapitel nicht schreiben. Kubrick war ein Magier und ein Autokrat, unter seiner Fuchtel agierten die Schauspieler, als seien sie hypnotisiert oder verhext. Als Parallele fallen mir jene Orchester ein, die unter Carlos Kleiber spielten; wie Kleiber war auch Kubrick ein Perfektionist und Probenfanatiker; wie Kleiber konzentrierte er sein Genie auf vergleichsweise wenige Werke, vereinnahmte dieses Wenige aber für sich allein und für immer, und wie Kleiber gehörte Kubrick zu den Menschen, deren Zeitgenosse gewesen sein zu dürfen mich mit einem gewissen Stolz erfüllte. In verschiedenen Genres hat er Vollendetes geschaffen, ja es hat mitunter den Anschein, als habe er erst gezeigt, was in den Grenzen eines bestimmten Genres überhaupt möglich ist: ob nun Science-Fiction (*Odyssee im Weltraum*), Historienepos (*Barry Lyndon*), Thriller (*Shining*) oder Kriegsfilm (*Full Metal Jacket*), gar nicht zu reden vom genrelosen Solitär *A Clockwork Orange* –

ich frage mich jedesmal, wenn ich diesen Film anschaue, wie sich William Friedkin, der 1972 für *French Connection* den Oscar für die beste Regie erhalten hat, wohl vorgekommen sein mag.

Ich habe *A Clockwork Orange* vergleichsweise spät zum erstenmal gesehen, irgendwann in den 1990ern, und bereits nach der knapp zweiminütigen Introduktion war mir klar, dass ich in eine neue Wahrnehmungssphäre eintreten würde. Etwas Ungeheuerliches würde geschehen – und zwar keineswegs im Sinne irgendeiner Handlung. Die Spannung bei Kubrick entsteht ja nicht durch irgendeinen Plot, sondern durch die Intensität der Bilder und der Schauspieler. Wie alle meine Lieblingsautoren und Lieblingsmaler agierte Kubrick in maximaler Entfernung zu den ärgsten Widersachern der Kunst: der Absicht und der Botschaft. Seine Filme sind schmerzhaft sinnliche und zugleich hochartifiziell komponierte Beschreibungen dessen, was eben ist. Sie überwältigen ausschließlich mit ästhetischen Mitteln. Das ist gewissermaßen das Goethische an ihnen. »Die Konstanz der Phänomene ist allein bedeutend; was wir dabei denken, ist ganz einerlei«, lehrte der Weltweise vom Weimarer Frauenplan. Ich wette, dass Kubrick dieser Satze gefallen hätte.

Die beiden Filme, die ich nach *A Clockwork Orange* in meinem Leben am häufigsten gesehen habe, heißen *Die sieben Samurai* und *Terminator 2*, womit ein erheblicher Spagat zwischen großer Kunst und Unterhaltungsgedöns in Rede steht, aber es muss ja nicht immer Hochkultur sein. Kurosawa ist nach Kubrick mein zweiter Grund, die Gattung Film für bedeutend zu halten, während ich die auf unbedingte Treue programmierte antropomorphe Maschine in Camerons

Action-Abenteuer stets als eine Art futuristischen Hagen von Tronje betrachtet habe (zumal in Verbindung mit Teil 1, wo der Cyborg noch der Böse ist). Im übrigen findet in *Terminator 2* ein eminent zitierwürdiger Ethik-Diskurs statt, nämlich:

John Connor: Du kannst nicht einfach einen Menschen erschießen!
T-800: Warum nicht? Ich bin ein Terminator.
John Connor: Glaub mir! Ich verarsch' dich nicht!

Umgekehrt gibt es einen Film, den ich nur einmal gesehen habe, mit Sicherheit nie wieder anschauen werde und dennoch für unübertrefflich furchtbar halte: die niederländisch-französische Low-Budget-Produktion *Spurlos verschwunden*. Die Wirkung dieses, man sagt wohl: Thrillers, also seines Endes, dürfte ungefähr dem Schlag mit einem Baseballschläger auf den Kopf entsprechen. Man weiß ja, halbbewusst, dass sich dergleichen tatsächlich zuträgt und immer wieder zutragen wird; dennoch trifft dieser Schluss den Zuschauer mit elementarer Wucht, und ich saß lange fassungslos und fragte mich, was ich da gerade gesehen hatte.

Versuchte ich hier eine Aufzählung mir unvergesslicher Filmszenen, würde ich unweigerlich den Rahmen sprengen. Ein paar Eindrücke sollen es freilich sein, denn alle Erinnerung an Filme ist die an einzelne Szenen. Etwa die kaum auszuhaltende Spannung, als Michael Corleone im ersten Teil von *Der Pate* die auf der Restauranttoilette versteckte Pistole nicht findet, mit der er schließlich Solozzo und den korrupten Polizeioffizier McCluskey erschießt. Oder wenn am Anfang von *Es war einmal in Amerika* der alte Noodles das

Guckloch in der Wand öffnet und sich via Kameraschwenk in den 46 Jahre jüngeren Knaben zurückverwandelt, der die schon als junges Mädchen göttliche Jennifer Connelly heimlich beim Tanzen beobachtet. Oder wenn am Ende der *Reifeprüfung* die Beinahe-Braut Elaine mit ihrem Entführer Benjamin, der Hochzeitsgesellschaft glücklich entronnen, auf der letzten Bank im Bus sitzt und der nun wohl doch *Jahrhundert*-Song *The Sound of Silence* anhebt. Oder wenn in *Shining* die Kamera um den unentwegt seine Schreibmaschine bearbeitenden Jack Torrance herumfährt, bis sie ihm über die Schulter schaut und man sieht, dass er immer nur ein und denselben Satz schreibt: »All work and no play makes Jack a dull boy« – in der deutschen Version (die Szene wurde von Kubrick mit Papierstapeln in mehreren Sprachen gedreht): »Was du heute kannst besorgen, das verschiebe nicht auf morgen.« Oder – und jetzt werden Sie mich für verrückt halten, weil der Film leicht närrisch und unrealistisch und blutrünstig und »faschistoid« ist und die Szene pathetisch bis nahezu zur Unglaubwürdigkeit, aber egal – wenn in *300* ein von persischen Pfeilen durchbohrter Lakedaimonier zum ebenfalls im Sterben liegenden Leonidas spricht: »Eine Ehre, an deiner Seite zu sterben«, und der König antwortet: »Eine Ehre, an deiner Seite gelebt zu haben« ...

MANIEREN

Die Klage über den Niedergang der Manieren ist bereits ein Bestandteil desselben. Manieren sind nämlich nichts, was sich einklagen lässt. Der manierliche Mensch ist dies ohne

Rücksicht darauf, wie andere ihm begegnen. Natürlich gilt sein Verhalten diesen anderen, doch deren Benehmen wird ihn nicht grundlegend beeinflussen. Gute Manieren sind keine Reaktion auf andere gute Manieren, sondern ein Bedürfnis, sozusagen ein Fenster zur Welt. Sich gegenüber manierlichen Menschen manierlich zu betragen ist einfach; erst im Umgang mit den Flegeln beweist sich die sogenannte gute Kinderstube. Der Autor Martin Scherer bringt es auf den Punkt: »Höflichkeit« – das Wort kommt etymologisch von den Höfen – »ist Häuserkampf.«

Manieren hat der Mensch nicht per se, sondern er muss sie lernen, oft ein Leben lang. Der dies schreibt, gehört zwar nicht unbedingt zu den Flegeln, aber hin und wieder geht derselbe in ihm mit ihm durch. Glücklicherweise ist es nie zu spät, wenigstens den Vorsatz zu fassen, ein manierlicherer Mensch zu werden. »Manieren sind das Parfüm, das vergessen läßt, daß wir stinken«, schreibt Asfa-Wossen Asserate in seinem sehr empfehlenswerten Buch zum Thema. Im Gegensatz zu dem äthiopischen Prinzen und wahldeutschen Weltmann geht es mir hier ausdrücklich *nicht* um Stilsicherheit oder korrektes Verhalten in den höheren Rängen der Gesellschaft, denn ich besitze weder das eine noch Kenntnisse des anderen und wäre ein Blender, wenn ich darüber schriebe. Mit Manieren hat aber bereits zu tun, wie man sich kleidet, wie einen unsympathischen Mitarbeiter behandelt, in welchem Zustand man der Putzfrau sein Hotelzimmer oder dem Nachbenutzer die öffentliche Toilette hinterlässt, und davon darf ich reden. Manieren machen das ohnehin heikle Mit- oder besser: Gegeneinander der Menschen erträglicher. »In einer einzigen gelungenen Umgangsform«, stoßseufzt Botho Strauß, »steckt schon mehr Glück, als man verkraften kann.«

Das manierlichste Kleidungsstück ist der Herrenhut, und der ist leider aus dem Straßenbild verschwunden. Der Hut war ja eher ein Bestandteil der Manieren als der Kleidung, und seine Haupteigenschaft bestand darin, dass man ihn ziehen (und in der Hand halten) konnte. Inzwischen haben solche Gesten ihre Adressaten verloren. Nur die Gesslerhüte der Politischen Korrektheit erfreuen sich heutzutage noch großen und sogar wachsenden Ansehens.

Emphatisch formuliert bedeuten die Manieren, dass man den Anderen wie einen Höhergestellten behandelt. Zynisch formuliert sind sie der Weg, mit Menschen auszukommen, die man verachtet, ohne ihnen das gleich auf die Nase zu binden. »Was man sagt, ist man selber!« klärte mich mein Sohn schon im Kindergartenalter auf, wenn mir irgendein Schimpfwort entschlüpfte. Wie recht er hatte. Der klügste Mensch wird sofort zum Dummkopf, wenn er einen Dummkopf einen Dummkopf nennt (es sei denn, der Dummkopf besäße so viel Macht über ihn, dass der Mut, sie auszusprechen, die Schmähung reinwäscht).

Manieren erfordern Anstrengung und ergeben selten einen unmittelbaren geldwerten Vorteil, deshalb sind sie nicht wirklich populär. Die Bequemlichkeit, die Eile, der Stumpfsinn und der Egoismus – kurzum: die Vulgarität – sind ihre Hauptfeinde. Manieren haben viel mit der Bereitschaft zu tun, sich zurückzunehmen, aufzustehen, sich auf die Zunge zu beißen, Respekt zu zollen. Im Sitzen mit einem Stehenden reden, gehört außerhalb von aufgeräumten Herrenrunden zu den elementaren Unmanierlichkeiten. Der auf seine Rechte pochende Zeitgenosse ist selten ein manierlicher, ebenso wie der Rechthaber im Gespräch. Nahezu die gesamte sportliche Freizeitmode ist unmanierlich beziehungsweise abscheulich. Ein Mann trägt nun mal kein ärmelloses Shirt, auch wenn die Arme ansehnlich muskulös sind. Es ist unmanierlich, fremde Menschen zu zwingen, Mobiltelefon-Gespräche in geschlossenen Räumen mitanzuhören. Unmanierlich ist es, einer Frau nicht den Vortritt zu lassen, jemanden ungefragt zu duzen, sich hörbar über fremde Sitten oder Liebhabereien zu wundern, Diskussionen in Glaubensdingen anzuzetteln oder ein Gespräch fortzuführen, wenn die Gegenseite ihr Unbehagen am Thema signalisiert hat. Unmanierlich sind das Lamentieren, Moralisieren und Sich-Beklagen vor den Ohren eher Fremder, jede Art von Übellaunigkeit, speziell gegenüber Nichturhebern derselben, sowie das Insistieren und Nachbohren, wenn jemand etwas nicht offenbaren will, zum Beispiel warum er sich von einer Party oder einer Tischrunde absentiert. Gegenstand der Manieren sei es, möglichst niemanden zu beleidigen, aber noch mehr, »selbst keine Gründe zu suchen, weshalb man beleidigt sein könnte, ja am besten überhaupt niemals beleidigt zu sein«, empfiehlt Asserate.

Zu den Feinden der Manieren gehört also in einem gewissen (mich persönlich oft überfordernden und zuweilen befremdenden) Maße auch die Ehrlichkeit. Es ist nicht nötig, dem Anderen zu verklickern, was man von ihm denkt. Dafür denken wir nämlich zu oft zu schlecht vom Anderen. Über denselben Menschen dann gegenüber Dritten zu lästern, ist natürlich ebenfalls ein unmanierliches Betragen ...

BRÜSTE

Es gibt auf der Welt zirka dreieinhalb Milliarden Mädchen und Frauen. Um die zwei Milliarden befinden sich im sexuell aktiven Alter. Macht also – kein Mensch ist wirklich symmetrisch – vier Milliarden unterschiedliche Brüste. Wer mag, kann sich die planetarische Biomasse Brust gern in Kilogramm ausrechnen. Geht man davon aus, dass, individueller Geschmack hin oder her, ungefähr jedes zehnte oder fünfzehnte Brüstepaar so gebaut ist, dass der Drang, sich seiner zu bemächtigen, für einen Mann immens wird, ergibt dies theoretisch 200 bis 300 Millionen Optionen. Soweit der quantitative Teil.

Brüste sind ein Beweis dafür, dass jemand oder etwas es gut mit uns Männern meint. Was wäre reizvoller, bestaunenswürdiger, erregender, was verlangt mehr nach einem entschiedenen Zugriff als eine ansprechend geformte weibliche Brust? »Traue niemandem, den der Anblick einer schönen weiblichen Brust nicht aus der Fassung bringt«, bemerkte Auguste Renoir; wie wahr. Die Freude, die ein Mann ausstrahlt, wenn er zum Geburtstag einen Mercedes-Zündschlüssel oder einen großen alten Burgunder auspackt, wird himmelhoch überboten durch jenes helle Entzücken, welches ihn an jedem beliebigen Tag beim erstmaligen Enthüllen eines Paares wohlgeratener Brüste ergreift.

Keine Partie des menschlichen Körpers existiert näher am Gottesbeweis. Freilich müsste man Gott für ein veritables Scheusal halten angesichts dessen, was er die Zeit mit diesem Wunderwerk veranstalten lässt. Aber die Rose welkt auch, alles Schöne muss sterben! Und solange Menschen existieren, wird an Brüsten nie Mangel herrschen, sie werden in immergleicher Mannigfaltigkeit neu erstehen ewiglich, wie die Rosen, in sämtlichen Formen und Qualitäten, dort das kalte, feindliche Weltall, hier die unsterbliche weibliche Brust. Auch Brüste allerersten Güte werden also immer zu Verfügung stehen, wobei es viele Frauen gibt, die auf den ersten Blick gar nicht besonders attraktiv ausschauen und doch prachtvolle Brüste besitzen, es gibt keine wirkliche Korrelation zwischen Gesichtsschönheit und Wohlgeratenheit des Busens, und keineswegs will ich ein Plädoyer halten für Silikon, im Gegenteil, wer auf solche Pneus abfährt, wie sie beispielsweise Pamela Anderson richtungsweisend zur Schau stellt(e), der hat doch schwer einen an der Waffel, der tickt doch nicht richtig, der schiebt doch morgen auch mit Schaufensterpuppen ab, der ist doch ein Evolutions-Irrläufer!

Die weibliche Brust: Wäre man Designer, man müsste sich einen Strick nehmen angesichts solcher niemals zu erreichenden Vollendung. Leiderleider, aber mit aller Folgerichtigkeit der Welt ist sie *das* Ornament des Kapitalismus geworden. Wie die Rocaille, die dem Rokoko den Namen gab, in der Dekoration dieser Epoche dominiert, locken in der modernen Film- und Werbewelt allenthalben Brüste und verheißen, was keine an ihr Erscheinen gekoppelte Ware je einzulösen imstande wäre. Die Melancholie des durchschnittlichen maskulinen Bewusstseins heutzutage hat damit zu tun, dass sein Besitzer zu viele schöne Brüste sieht und, verglichen damit, zu wenige anfassen darf.

Wir werden als Säuglinge gestillt an der Brust, wir sehen sie bei den Mitschülerinnen langsam schwellen und verstehen dadurch, dass etwas Geheimnisvolles beginnt, zeitlebens streben wir zu ihnen, küssen sie, greifen gierig nach ihnen, liegen an ihnen und sind glücklich. Wir hängen an den Brüsten das ganze Leben. Und kaum etwas, wovon wir uns am Ende schwerer trennen …

SPEISEWAGEN

Alles hängt vom richtigen Platz ab. Deshalb sollte man schon vor der Einfahrt des Zuges exakt Position beziehen, dafür gibt es Wagenstandsanzeiger. Und es darf nur der große ICE-Speisewagen sein, wo einen noch die Ahnung davon anfliegt, wie kommod Reisen einst gewesen sein muss. Bevor die Praktiker kamen und die Effizienten. Und die Designer. Im Zug ausschließlich Speisewagen! Erspart die Kosten für die Erste Klasse, wo ohnehin immer irgendein Führungsprolet sitzt und ins Handy plärrt. Und die Getränkeversorgung ist halbwegs gesichert. Kein Zweiertisch, ist unbequem, zu klein, mit Gegenüber ganz schrecklich. Einen Vierer belegen. Sitzen. Sich ausbreiten: Bücher. Notizblock. I-Pod. Stets mindestens fünf Bücher im Gepäck, die Stimmung auf einer Reise ist nicht kalkulierbar.

Und sofort Wein bestellen.

Unterwegs sein, Bach im Ohr, Rameau im Ohr, Bruckner im Ohr, einen Rebstoff vor sich, während im Fenster das Landschaftskino läuft – »Vorüber schnell und schneller tanzen/Durch Draht verknüpft zu einem Ganzen,/Die schwesterlich verwandten langen/Zahlreichen Telegrafenstangen« (Wilhelm Busch) –, so mag der Tag verstreichen. Die merkwürdige Beliebtheit von Flügen, ich habe sie nie geteilt. Der

Zeitgenosse reist nicht mehr gern, er kommt gern an. Dafür, dass es schnell geht, nimmt er in Kauf, beim Einchecken kujoniert zu werden – den Gürtel aufs Band legen, vielleicht auch die Schuhe – und sich wie eine Sardine in Sitzreihen quetschen zu lassen, die von Jahr zu Jahr enger werden. Mittelplatz im Flieger: grauenhaft! Ein Freund hatte mal links und rechts je ein Model sitzen beziehungswiese hocken, und dann, bei einem Luftloch, das den Namen abwechslungshalber verdiente, schmiegten sich plötzlich zwei schutzsuchende Köpfe an seine Brust; das tät' ich mir halbwegs gefallen lassen. Sofern die Story überhaupt stimmt. Aber in der Regel sitzt neben einem irgendein Dicker und kämpft um die Armlehne. Damit verglichen ist ein Speisewagen regelrecht komfortabel.

Freilich werde ich immer etwas melancholisch, wenn ich an die Waggon-Restaurants denke, die ehedem unterwegs waren. Ich kann hier nicht den Orient-Express rühmen, denn ich bin nie mit ihm gefahren, aber bereits der Gourmino-Speisewagen der Rhätischen Bahn lässt eine Ahnung aufkommen, was auf europäischen Schienen nahezu unwiederbringlich dahin ist. Gelegentlich gerät man im europäischen Schienenverkehr in einen zufällig noch nicht ausrangierten alten Restaurantwagen, einen ungarischen etwa, mit roten Polstersofas, Spiegeln und weißen Tischtüchern. Freilich, bei dem Volk, das heute die Züge (mit)bevölkert, wären die Polster und Tischdecken schnell verdreckt und verschlissen. Was soll ein Mensch mit Rucksack und Wolfshaut auch an einem gedeckten Tisch?

Man begnüge sich also mit dem ICE. Die Weine sind allesamt passabel, das Essen freilich ist bessere Kantine: vorproduziert und in der Mikrowelle aufgewämt. Auch da gibt es anderswo noch Ausnahmen, in einem Schweizer Zug etwa kam die Pasta einmal aus der Pfanne. Dergleichen stirbt aber aus. Ein heikler Job übrigens, Speisewagenkellner, dauernd die Gefahr, dass einem was vom Tablett auf die Gäste fällt. Einmal erlebte ich, wie ein kleiner Junge versehentlich seine Limo umstieß, der Vater schimpfte, der Kellner, ein Südländer, herbeieilte, aufwischte und sagte: »Der Lokführer war schuld.« Ein spontaner Trinkgeldverdoppelungsbeschluss meinerseits war die Folge.

Die Reise vor ein paar Jahren mit der kaputten Klimaanlage, mitten im Sommer von Zürich nach München. Prachtvolle Hitze draußen, stechender, notdurftsnaher Weindurst, und dann war der Speisewagen dicht, weil drinnen 50 oder mehr Grad herrschen. Hab' mich trotzdem reingesetzt. Kühlschrank funktionierte, Kellnerin schaute immer mal wieder rein, ob ich noch lebe, und brachte kopfschüttelnd neuen Weißwein. Flasche für Flasche. Das Zeug floss gleich wieder aus allen Poren raus, ungefähr wie ein Saunaaufguss. Großartige Fahrt!

Es heißt freilich, dass sie bei der Deutschen Bahn nach und nach reduzieren wollen, erst das Angebot, danach die Zahl der durchs Land rollenden Restaurants. Ohnehin schon sind viel zu viele ICE mit der Sparversion unterwegs, die sich von normalen Sitzplätzen kaum unterscheidet, weshalb das Personal auch immer wieder Reisende aufscheuchen muss, die nicht bemerkt haben, dass das ein Speisewagen sein soll. Wenn dergleichen Standard wird, werde ich wohl überhaupt nicht mehr reisen. Oder mich in einen schnellen Flieger quetschen und von den Zeiten träumen, als Zugfahren noch komfortabel war.

Mein Trauzeuge ist studierter Philosoph und seit einiger Zeit Cheflektor eines mittleren Verlages. Diese Tatsache hat sein Verhältnis zu Büchern verändert; er ist sozusagen vom reinen Liebhaber zum Teilzeit-Zuhälter geworden, und in dieser sanften Schizophrenie lebt er nun. Einerseits, pflegt mein Freund zu beteuern, lese er immer noch, was ihn interessiere, und das seien oftmals Schriften mit eher geringer Auflage; andererseits ertappe er sich regelmäßig dabei, wie ihm beim Durchblättern eines soeben erschienenen Buches, etwa eines Gedichtbändchens oder des Briefwechsels Adorno–Celan, die Frage durch den Kopf rumore: Rechnet sich das denn für den Verlag?

Der Mann ist mit seinen Zweifeln von Berufs wegen up to date. Bücher werden ja inzwischen – zumindest von den meisten Großverlagen und Spitzenagenten – als Palettenware behandelt, und viele von denen, die beruflich mit ihrem Verkauf beschäftigt sind, könnten ebensogut mit Schrauben oder Mobiltelefonen handeln. Dementsprechend hat sich das Sortiment verändert. Der Ausspruch Friedrich Sieburgs, wer ein Buch veröffentliche, lege das Gewand eines Ordens an, ist gerade mal 50 Jahre alt, klingt aber wie die Übersetzung einer Keilschrift. Zwischen zwei Buchdeckel kommt heute alles, was »sich rechnet«, und Autoren, die ihre Muttersprache auf Ordens-Niveau beherrschen, sind mittlerweile allenfalls so zahlreich wie Alkoholiker beim ADAC. Umgekehrt verschwindet zunehmend aus den Buchhandlungen, was sich nicht »rechnet«.

Allein unter diesem Aspekt ist die Lyrik bereits zu preisen. Sie ist die schlechthinnige Nicht-Ware bzw. sogar »Anti-

Ware« (Hans Magnus Enzensberger). Seit Kindheitstagen begleitet die Poesie das Menschengeschlecht (auch wenn die meisten nach ihrer Schulzeit nie wieder ein Gedicht lesen), und doch ist nie ein Lyrikbändchen je auf irgendeiner Bestsellerliste erschienen. Jemand, der sich hinsetzt, um Verse zu machen, mag verrückt sein, verliebt, verschroben, verklemmt, verzaubert, eines ist er ganz sicher nicht: »verkaufsorientiert«. Während der heimlich auf einen Platz in den Bestsellerlisten hoffende Autor, wie der Journalist, ausschließlich für andere schreibt, weilt der Poet ganz bei sich – und beim Geheimnis.

Lyrik ist nicht nur schwer verkäuflich, sondern im praktischen Sinne auch vollkommen unnötig. »Was unnötig ist, ist immer respektabel«, notierte Henry Louis Mencken. Ein Gedicht passt nicht in unsere sogeschwätzt »schnellebige Zeit«; weder kann man es rasch überfliegen, noch enthält es irgendwelche nutzbringenden Informationen, und die Zeiten, in denen man mit Versen Frauen herumkriegte – »›Und daß du so mein Herz gewannst,/Macht bloß, weil du so dichten kannst!‹/Oh, wie beglückt ist doch ein Mann,/Wenn er Gedichte machen kann!« (Wilhelm Busch) –, sind vermutlich längst dahin bzw. waren seit jeher bloß erdichtet.

Lyrik ist jene Form der Sprache, die der Musik am nächsten kommt, hier fügt sich zum einen die Sprache dem Metrum und dem Rhythmus, hier wird zum anderen Unsagbares auf einmal sagbar. Im Gedicht verwandelt sich das Wort, und Begriffe, die man tagein tagaus gedankenlos benutzt, erhalten plötzlich eine ungeahnte Bedeutung. Wie durch Spalten schaut der Lyrik-Leser in Gegen- und Märchenwelten und in sein eigenes Herz. Poesiegenuss kann dazu führen, dass man plötzlich in Kontakt zur Kollektivseele tritt, zu den Vielen, die vor uns da waren und zu denen man eines Tages selbst gehören wird (»Ich gehe zu den Vielen« ist übrigens einer der poetischsten Sätze, die ich kenne; ich würde sonstwas dafür geben, wenn er von mir wäre, und ich werde ihn vor mich hin murmeln zu meiner Stunde).

Gedichte sind Türen in ein anderes Raum-Zeit-Kontinuum, hinter denen man auf knarrende Stiegen oder elegante Freitreppen stößt, die tief ins Dunkle oder schwindelerregend weit hinauf ins Licht führen. Man lese nur morgens in der U-Bahn George oder Blake oder die Shakespeare-Sonette, und man wird diese Türen durchschreiten. Wenn einen dann irgendein Kollege in die sogenannte Wirklichkeit zurückholt, indem er über das Fußballspiel von gestern abend reden will oder sich erkundigt, ob man dieses Buch da für den Job lese, wird einem die sogenannte Wirklichkeit sekundenlang so absonderlich vorkommen, wie sie tatsächlich wohl oft ist.

RADFAHREN

Die Frage nach dem Sinn des Lebens lässt sich zuweilen am besten beantworten mit Beschäftigungen, die sie gar nicht erst aufkommen lassen. Es gibt Seelenzustände, bei denen außer Bewegung an frischer Luft nichts mehr hilft. Das gilt für Schaffenskrisen oder anlassfreie Depressionen genauso wie für Liebeskummer, einen handfesten Kater oder auch Anfälle sexueller Notdurft, die sich einstweilen nicht stillen lassen. Dann muss der Mann eben aufs Pferd. Oder aufs Rad. Da ist nichts zum Schmunzeln; was ein Kerl ist, der würde an einem Tag einen bis drei der edelsten Galopper im Wettstreit zuschanden radeln.

Wenn ich von Radfahren spreche, meine ich jenes im gehobenen Pulsbereich. Kein Wort gegen das gemütliche Dahinrollen im nähergelegenen Grünen. Mein Fall ist es nicht. Jeder habe so seine Art, gesund zu sein, und daran solle man ohne Anlass nicht rütteln, erklärte weise der regelmäßige Kurzspaziergänger Kant. Grundsätzlich sollte jeder Geistesmensch irgendeinen Sport haben, den er still für sich betreibt (es ist lächerlich, wenn normale Menschen über ihre Leibesübungen räsonnieren, als seien sie Athleten), um den durch langes Sitzen geschundenen Körper zeitweise wieder seiner Bestimmung zuzuführen und gleichzeitig das geplagte Gehirn zu entschwurbeln. Dass Kant dafür nur kurze Spaziergänge benötigte, darf einen so wenig irritieren wie das Tempo, mit welchem die Radprofis die Passhöhen in den Alpen zu erklimmen pflegen. Was andere veranstalten, soll deren Sache sein. Ab einem gewissen Alter tritt der Mensch in puncto Körperertüchtigung nur noch in Konkurrenz mit sich selbst. Beziehungsweise mit dem am fernsten Zeithorizont langsam sichtbar werdenden Freund Hein.

Radfahren ist ebenso eine Beschäftigung des Kopfes wie der Muskeln, es ist Tanz, Schmerzgenuss, Gelagevorspiel, Landschaftskino, Meditation. Wer will, kann auf dem Fahrrad alles vergessen, was ihn bedrückt. Wer will, kann auf dem Fahrrad jeden Schmerz bekämpfen, indem er einfach einen stärkeren draufsetzt. Radfahren im gehobenen Pulsbereich bedeutet zugleich Ek-stase und In-stase. Der Körper agiert ekstatisch, indem er verbrennt, Energie erzeugt und sie an die Pedale abgibt. Parallel dazu kehrt sich der Geist nach innen.

Mit zunehmendem Schmerz wird der Kopf immer leerer; es ist, als wenn ein Sturm den Himmel ausfegt. Dieser leere Kopf ist ein Segen.

Wie jede Leibesübung, die sich im Freien vollzieht, vermittelt Radfahren sinnliche Erfahrungen, die dem modernen Bürolebewesen seine Naturhaftigkeit wenigstens ahnungshalber in Erinnerung rufen. Zumal der Radfahrer deutlich weiter herumkommt als der Läufer, der Kanupaddler oder der eingangs erwähnte Reiter. Man hört seinen eigenen Atem, das leise Summen der Reifen, das Rauschen des Fahrtwindes, das Zwitschern der Vögel. Nur ein dünnes Trikot trennt Haut und Umgebung; es ist herrlich, wenn man durch einen Regen oder Hagel fährt, wenn die Sonne drückt, wenn ein heftiger Wind bläst. Wo immer eine Straße oder ein Weg hinauf führt, darf der Radfahrer ein Tänzchen mit einem Berg wagen. Anstiege sind nämlich das Alpha und Omega der ganzen Treterei. Sich Serpentine für Serpentine auf einen veritablen Hochgebirgspass zu schrauben, in der Glut der Mittagssonne, umrahmt von der grandiosen Bergwelt, den Asphalt mit seinem Schweiß benetzend, die Lungen bis in die äußersten Spitzen mit der klaren Luft füllend, das Herz 180mal in der Minute schlagen fühlend, während die Schenkel brennen, als seien sie mit Scherben gespickt, den Blick halb ins Tal, halb zum Himmel gerichtet: Das ist schon ein Vergnügen allerhöchster Ordnung.

Radfahren ist übrigens auch gesünder als die meisten anderen Sportarten. Wenn man konzentriert bleibt, sich vor allem bergab zurückhält und nicht stürzt, kann einem wenig passieren. Anders als beim Joggen oder Fußball verschleißt auf dem Rad kein Gelenk, nichts verdreht, nichts knirscht, nichts reibt sich zuschanden. Der Fahrer ist wie verwachsen mit seinem Sportgerät. Maschinenhaft mahlen die Beine. Das bei allen Anstrengungen Runde und Geölte der Bewegungen, diese gute Art, sich Schmerzen zuzufügen, erhebt die Radelei zu einer ziemlich konkurrenzlosen Betätigung. Außerdem ist Radfahren der einzige Sport, den man im Anschluss an, zum Beispiel, eine Dorade und eine Flasche Lugana betreiben kann. Oder, um die Latte etwas höher zu legen: im Anschluss an eine Schweinshaxe und zwei Maß Bier. Möglichst in der prallen Sonne verputzt. Danach kann man kaum noch gehen. Aber Radfahren schon. Zumindest wenn man halbwegs in Form ist. Man sitzt, hält den Oberkörper verdauungsfreundlich still, und die Beine fordern unentwegt Energienachschub. Nach spätestens zwei Stunden ist die Haxe restlos verbrannt. Und nach der Haxe ist vor der Haxe.

Damit ich bei Tische meinen Mann stehe, fahre ich Rad – und umgekehrt. Mit schwermütiger Wildheit rücke ich dem Trainingseffekt zu Leibe und mache ihn zuschanden. Tatsächlich verhält es sich aber so, dass ein geübter Fahrer auf einer vier- bis sechsstündigen Tour so viele Kalorien verbraucht, wie er am Abend gar nicht essen kann. Wenn ich es wiederum tags zuvor übertrieben habe mit dem Wein und zu wirklich nichts in der Lage bin – Radfahren funktioniert seltsamerweise immer. Nach einer Weile intensiven Tretens spüre ich fast nichts mehr von den im Vorabend gründenden Stoffwechsel-Malaisen. Das Herz pumpt, die Lunge weitet sich, der Schweiß spült allfällige Restgifte aus dem Leib. Wenig später wankt der Schwur, heute definitiv keinen Alkohol zu trinken. Alsbald naht neuer Durst auf Taubenfüßen, ernsthafter Durst, keiner, der sich mit Wasser zufrieden gibt. Spätestens beim Duschen sind die Vorsätze gefallen …

Ausdauersport hat eine reinigende Wirkung auf Körper und Geist. Ohne mein nahezu tägliches Quantum von mindestens einer Stunde würde ich förmlich auseinanderfallen. Solange es irgend geht, werde ich aufs Rad steigen, stationär oder mobil, und mich daran freuen, dass ich ein Herz besitze, zwei Lungenflügel und Muskeln in den Beinen. Dass ich, mit einem Wort: lebe.

HOTELS

Gewiss, gewiss doch: Die meisten sind wenig einladend, viele abstoßend, manche sogar gruselig. Vor allem die sogenannten Bettenburgen an inzwischen nahezu jeder Küste, in Südfrankreich wie am Lido, auf den Balea- wie auf den Kanaren, haben den Ruf dieser einst so noblen Herbergen schwer lädiert. Auch die gemeinhin fürchterlichen Absteigen in den Städten, die entweder klein, trostlos und muffig sind und keine Zimmer haben, sondern Zellen, oder groß, trostlos und muffig, mit etwas weniger bedrückenden, jedoch fast immer geschmacklos eingerichteten Zimmern und schlechten Pornos im Bezahlfernsehen.

Und doch liebe ich Hotels. Ich liebe sie *per se*, noch mehr als Flughäfen, weil man in ihnen dauerhafter verschwinden kann als in diesen. Wohin? Ich würde es die *betreute Anonymität* nennen. Im Hotel (wie am Flughafen) besitzt der Mensch den wundervollen Status des Vorüberziehenden, Durchreisenden, Nur-vorläufig-Anwesenden. Er gehört eigentlich nicht hierher, wie all die anderen Gäste auch nicht, hier kennt ihn niemand, hier schlägt er lediglich ein Nomadenlager auf beziehungsweise es wird ihm aufgeschlagen, weshalb man ihn auch in Ruhe lässt, sofern er nicht nach dem Zimmerservice klingelt. Hier ist er frei. Ein Hotel ist ein temporärer Stützpunkt in der Fremde, eine moderne Karawanserei mit allerlei Versorgungsannehmlichkeiten. Vom Gast wird nichts verlangt, außer dass er seine Rechnung zahlt, er muss nicht einmal die anderen Gäste grüßen, wenn ihm nicht danach ist. Er kann tun und lassen, was er will, kommen und gehen, wann es ihm beliebt, die Rezeption ist besetzt, und die Bar, so vorhanden (aber in der Nähe findet sich immer eine), in der Regel noch geöffnet. Zauberhände haben, während er abwesend war, das Bett aufgeschüttelt, die Dusche gereinigt und die Handtücher ausgewechselt.

Das Hotel ist außerdem ein durch und durch erotischer Ort. In jedem Zimmer treibt es ein Paar miteinander oder liegt ein einsamer Gast und denkt an Sex. Das Hotel ist der ideale Platz für Huren. Es ist anonym, sauber, grenzenlos beschmutzbar und besitzt jenen Reiz des Fremden oder gar Exotischen, der spezielle Lüste geradezu gebieterisch hervorruft. Wo, wenn nicht hier, denkt der einsame Gast. Er denkt es fast zwanghaft. Und geht nach unten, wo die Mädchen sitzen, die schon am Vorabend dort saßen und zwischendurch verschwunden waren und wiederkamen und sich das Makeup nachzogen. Und nimmt sich eine mit aufs grenzenlos beschmutzbare Zimmer, in der Stadt, wo ihn niemand kennt.

Das Hotel ist ein Ort der sinnlichen Transformation, es erotisiert die Frau, subjektiv wie objektiv. Sogar die eigene Frau ist im Hotel eine andere. Ein Paar, dem im Hotel nicht die Lust aufeinander kommt, ist mit sich zu Ende. Ohne Hotels wäre Reisen noch sinnloser und armseliger, als es heutzutage ohnehin schon ist. Ohne Hotels fänden nicht nur viele erotische und intellektuelle Abenteuer nicht statt, ohne sie wüsste ein Mann auch nicht, wohin er mit einer Frau verreisen sollte, mit der er zum erstenmal verreist. Denn mag er sie auch mit Traumstränden, Landschaften, Kunstschätzen, Einkaufsboulevards locken, er denkt doch immer nur und ausschließlich an das Finale des Tages im Hotel. Er macht die ganzen Faxen nur geduldig mit, um endlich, endlich abends die Zimmertür hinter sich und ihr zu schließen.

Ein Kapitel über Hotels wäre unvollständig, würde man nicht einige derer erwähnen, die auch als architektonisches, wie man sagt, Juwel bestehen können oder die in grandioser Umgebung gelegen sind. Was meine Person betrifft, denn es sind ja meine Lebenswerte, die in diesem Buch zur Rede stehen, und also auch meine Hotelerlebnisse, so werde ich zwei Momente wohl mein Lebtag nicht vergessen. Der erste: mein Eintritt in das »La Sirenuse« in Positano, mein Erstaunen darüber, dass dieses angebliche Weltspitzenhotel nur ein kleines Haus mit zwei Etagen war, bis ich begriff, dass dort alles nach unten führte, dass die Etagen an den Berg angeklebt waren wie Schwalbennester – und dann die sich öffnenden Flügel der Lamellentür zum Balkon, das hereinstürzende Sonnenlicht, der Blick auf die Bucht und aufs Meer, in dessen Ferne sich Capri abzeichnete, während die reizende Signorita neben mir, zwecks deren Verführung ich diesen Ort überhaupt aufgesucht hatte, »Herrlich!« seufzte. Sowie: meine erste Reise nach New York (ich gehörte zu den jahrzehntelang eingemauerten Ostdeutschen und hielt *The Big Apple* lange für einen eher extraterrestrischen Ort), der Abend des Ankunftstages war hereingebrochen, ich stand am Fenster in der 16. Etage des »Mayflower«-Hotels, wo der Broadway den Central Park streift, unter mir das weite Grün des Parks und um diesen herum die sich allmählich illuminierende Skyline, ein Anblick, den ich mindestens eine Stunde still genoss, bis ich schließlich meine Mama in Ostberlin anrief und sie fragte: »Sag mal, weißt du eigentlich, *wo ich hier bin*?«

RELIGION

Je älter ich werde, desto mehr Sympathien bringe ich für religiöse Menschen auf. Ich könnte auch formulieren: desto katholischer werde ich. Mit dem bekannten Bonmot von Charles Maurras: katholisch, aber nicht christlich. Der Katholizismus ist abendlanduntergehweit das letzte Bollwerk gegen die moderne Beliebigkeit und demokratische Gleichmacherei. Störrisch ragt dies 2000 Jahre alte Denk- und Regelwerk in die Gegenwart und beharrt auf seiner reaktionären Exklusivität. Dafür mag ich den Katholizismus, wenn auch seine Kriterien selten die meinen sind. Letztere hat recht verbindlich formuliert der gute Goethe mit den Worten: »Wir sind naturforschend Pantheisten, dichtend Polytheisten, sittlich Monotheisten.«

Eventuell wäre ich gern ein guter Christ, doch ich werde nie einer sein. Ich glaube daran, dass Kulturen Organismen sind, dass wir Menschen niemals wissen können, was es mit uns auf sich hat, und dass es Dinge gibt, die man einfach nicht tun darf, ohne Letztbegründung, aber ich glaube weder an Gott noch an die Auferstehung noch an Seelenwanderung. Ich halte Niederknien für eine sinnvolle Beschäftigung, aber ich spreche kein Gebet. Ich bin einfach kein religiöser oder spiritueller Mensch.

Ich bin jedoch jederzeit bereit, für die Leistungen der Religion eine Lanze zu brechen. Wir Luxusweltenbewohner der Neuzeit sollten niemals vergessen, was für ein mächtiger Verbündeter Gott für unsere Altvordern war. Wie anders hätten sie das Elend der frühen Jahrhunderte ertragen sollen: Seuchen, Kriege, Kindersterben, Naturkatastrophen, Parasiten, chronische Krankheiten, Operationen ohne Narkose, Geburten ohne PDA und die ständige Anwesenheit des Teufels in den finsteren Nächten? Es gäbe uns nicht ohne diesen Gott. »Der Herr hat's gegeben, der Herr hat's genommen«: dieser Satz ist möglicherweise nicht zutreffend – doch wer weiß einen zutreffenderen?

Noch mehr bewundere ich die ästhetischen Leistungen der Religion. Der vulgären, infantilen, zügellosen, brutalen Masse Mensch haben vor allem ihre Riten und Gebote eine erträglichere, mitunter sogar ansprechende Form aufgezwungen. Dass der westliche Mensch nicht mehr niederkniet, sich nicht mehr bekreuzigt, nicht mehr in die Kirche geht, wird allgemein als ein der Aufklärung zu dankender Fortschritt betrachtet. Ästhetisch ist es ein Verlust. Man kann der Kirche viel vorwerfen, sie hat in 2000 Jahren bestimmt fast so viele Menschen umbringen lassen wie Stalin oder Mao in jeweils einem ihrer besonders erfolgreichen, doch entfernte man alle Werke vom Planeten, die aus dem Christentum wuchsen, alle Architektur, alle Malerei, alle Literatur, alle Musik – was bliebe in unserem Weltteil übrig? Und warum sollte etwas grundsätzlich überwindenswert sein, das die Musik Bachs, die gotischen Dome, die Fresken der italienischen Renaissance und den schönen Jahresrhythmus der Feste hervorgebracht hat?

Religion sei Opium für das Volk, notierte Karl Marx in der Frühphase seiner Heroinproduzentenkarriere. Die Menschen hätten sich stets falsche Vorstellungen von der Welt gemacht, postulierte er, vergaß indes zu erklären, wie sie die richtigen aushalten sollten. Man hat den roten Weltentwurf wie den seiner braunen Gegenspieler später mit guten Gründen als Sakulärreligionen bezeichnet. Auch die eher gottlose Gegenwart besitzt ihre Ersatzreligionen, jene der sozialen Gerechtigkeit etwa. Oder das ökologische Evanglium der Grünen mit seiner Weltuntergangsdrohung bei Nichtbefolgung der Gebote. Oder die gemeindestiftenden Rituale des Kampfes »gegen rechts« mit dem toten Alien aus Braunau als Beelzebub und Auschwitz als neuem Golgatha. Oder die demokratische Weltkirche, die aus einer Staatsform eine Glaubensdoktrin gemacht hat, mit dem Amerikanismus als theokratischem Kern. Doch auch der Antiamerikanismus trägt alle Züge religiösen Eifers.

»Der Aberglaube ist eine dem menschlichen Geist innewohnende Schwäche; es hat ihn immer gegeben, und es wird ihn immer geben. Die Gegenstände der Anbetung können wechseln wie französische Moden«, befand Friedrich der Große. Und das tun sie. Etwas im Menschen treibt ihn unbeirrbar in solche Sphären. Er muss seinem Dasein irgendeinen höheren beziehungsweise tieferen Sinn einschreiben, sonst hielte er es nicht aus.

»Wenn man eine lächerliche Religion abschafft«, darüber war sich der große Preußenkönig lange vor uns im klaren, »dann tritt etwas noch Unsinnigeres an ihre Stelle.« In der Tat sind die aktuellen Ersatzreligionen ziemlich unsinnig, weil deren Anhänger nicht zu glauben meinen, sondern zu wissen wähnen. Obendrein (und folglich) tendiert ihr Vermögen, Trost zu spenden, gegen Null, ihre Verheißungen sind dürftig, ihre Riten ohne Glanz, ihre Tempel geheimnislos und bar jeden Zaubers. Da ist das heilig-schiefe, aber ehrwürdigvielerprobte, altmodische, aber eben auch allem Modischen ferne, abseitige, aber prachtvolle Original denn doch weit achtenswerter.

KIRCHEN

Meine erste Erinnerung an ein Gotteshaus ist ein Zeugnis kindlichen Manipuliertgewesenseins, freilich von Seiten einer anderen Geistlichkeit als der klerikalen. Immerhin bin ich aufgewachsen im deutschen Gottesstaat der Atheisten, und sowohl in der Schule als auch bei uns daheim galt Religion als Volksbetrug. Es handelte sich um eine im Stil der norddeutschen Backsteingotik aus roten Klinkern errichtete Ostberliner Pfarrkirche mit einem immerhin fast 70 Meter hohen Turm, dessen Glockenschlägen ich gehorsam folgte, wenn es um die pünktliche abendliche Heimkehr in mein keine 100 Meter entferntes atheistisches Elternhaus ging. Die am Wochenende unter dem Klang dieser Glocken aus dem Portal strömenden Besucher hielt ich trotzdem staatsideologiekonform für Verrückte. Eines Sonntags mischte ich mich kühn unter die Gottesdienstbesucher, unterbrach die Predigt durch ein lautstarkes »Doof bleibt doof!« und verließ im Laufschritt den Ort meiner Heldentat.

Ich hielt mich damals wohl für freigeistig und fortschrittlich, wobei ich nicht glaube, dass ich diese lächerliche Szene auch im Kölner Dom oder in der Kathedrale von Reims aufgeführt hätte. Dass die eigentliche Libertinage darin bestand, *in* die Kirche zu gehen und dort einen Gottesdienst abzuhalten, habe ich damals nicht begriffen, und es musste viel Zeit ins Land gehen, bis mir klar wurde, dass generell der Konformismus von gestern das größte Ärgernis der Konformisten von heute ist; Atheisten sind mitunter etwas harthirnig.

Es sollte fast vier Jahrzehnte dauern, bis ich wieder an einem Gottesdienst »teilnahm«, diesmal an einem russisch-orthodoxen und nur hospitierend (bis heute pflege ich mich bei der hl. Kommunion zu verkrümeln, und das wird sich niemals ändern). Unterdessen hatte ich gelernt, dass die wie Knotenpunkte eines vielfädigen Gewebes über den Globus verteilten Gottes- und Gebetshäuser nichts weniger als das Netz sind, welches den Menschen einstweilen vor dem Sturz ins Bodenlose bewahrt. Ich habe inzwischen Hunderte Kirchen, Dome und Kathedralen besucht. In jeder Stadt, an jedem Ort gehe ich in die Kirchen, sobald sich die Gelegenheit bietet. Ich liebe ihre Stille, ihre Erhabenheit, ihre Schönheit, ihre bergenden Kräfte. Ich mag es, wenn sich der leise Sang der Orgel weihrauchartig bis in die Seitenschiffe ausbreitet – und nicht minder, wenn aus allen Registern gewaltig das Lob des Herrn ertönt. Mit einer gewissen Zufriedenheit betrachte ich, wie die gewaltigen Bauten die unvermeidlichen Touristen zähmen, indem sie sie schweigen oder zumindest die Stimme senken heißen.

Ich mag betende Menschen; sie befinden sich so wundervoll weit entfernt von ihrem Ego. Mit einer Mischung aus

Rührung, Neid und Distanziertheit sehe ich bei der orthodoxen Messe Gläubige die zur Verehrung aufgestellten Ikonen küssen und sekundenlang liebevoll bis inbrünstig die Stirn an sie drücken. Vielleicht bin ich als Ungläubiger den Frommen ja selber ein unerwünschter Gast und eine Art Tourist in ihrem Gotteshaus, damit muss ich leben. Ich gehe nicht in die Kirche, um zu beten und den Herrn zu preisen, sondern um mich aus der Gegenwart zurückzuziehen und den Zauber der Entrückung ins Vorzeitlich-Überzeitliche zu erleben – eine Kommunion, die mit der Gemeinde der gerade Lebenden vergleichsweise wenig zu tun hat. Kirchen sind mir nicht nur Inseln der Kontemplation im Lärm der Städte, sondern Tunnel in die Tiefe der Zeiten, wo ich Kontakt aufnehmen kann zu denen, die vor mir auf diesem Planeten die *großen Fragen* stellten und ihre Antworten in Stein verewigten, unsereinen zu erheben und zugleich zu beschämen.

Die Schloss- und Palastarchitektur noch übertreffend hat sich der verehrungsvolle Schönheitswille des Menschen in seinen Kirchenbauten verwirklicht. So sehr mich die Titanenwerke der modernen Nutzarchitektur zuweilen beeindrucken, diese Wolkenkratzer, Hängebrücken, Hotelpaläste und Riesenbahnhöfe – jedesmal wenn ich vor einer gotischen Kathedrale stehe, vor dieser Apotheose der Vertikalen, der schwereloser Stein gewordenen Sehnsucht nach Transzendenz, dem überkühnen Griff nach dem Höchsten, kommt es mir vor, als ob deren Erbauer einer anderen Spezies angehört hätten. Einzig die Weltraumrakete vermag von der Intention her mit diesen architektonischen Verwegenheiten mitzuhalten. Was mit ihrer Pracht und Herrlichkeit mitzuhalten vermöchte, weiß der Himmel.

Wer die Knie nicht beugen kann vor dem Schöpfer, möge sie also beugen vor diesen Schöpfern. Mit Rilkes Worten:

»Werkleute sind wir: Knappen, Jünger, Meister,
und bauen dich, du hohes Mittelschiff.
Und manchmal kommt ein ernster Hergereister,
geht wie ein Glanz durch unsre hundert Geister
und zeigt uns zitternd einen neuen Griff.«

Jede abendländische Kirche ist ein Buch, in dem der Besucher lesen kann. Maler, Bildhauer und Holzschnitzer haben die Seiten beschrieben, die der Architekt schöpfte und band. Jede Kirche erzählt mindestens zwei Geschichten: die des Herrn Jesus Christus und ihre je eigene. Üblicherweise gesellen sich weitere biblische Berichte hinzu, von alttestamentarischen Verheißungs-Vorgeplänkeln und Erzväter-Begebenheiten bis zu den Werken der Apostel. In jeder Kirche wird die Heilige Schrift betretbar und anschaulich. Ein Mensch könnte sich, so er denn wollte, mehrere Jahre lang zum Beispiel mit der Kathedrale von Amiens beschäftigen – und ich spreche hier nicht von Gewölbestatik und Materialkunde, sondern ausschließlich vom Studium ihrer Gemälde, ihres Skulpturenschmucks, ihres Interieurs und ihrer Baugeschichte. Und um die Sakralbauten Venedigs in ihren sämtlichen Einzelheiten zu studieren, reichte ein ganzes Menschenleben kaum aus.

Bereits ein oberflächlicher Blick auf die Welt der christlichen Sakralarchitektur belehrt darüber, dass deren Fülle nicht annähernd zu umfassen und zu würdigen ist. Wenn aber schon der Name Venedig fiel, muss ich Santa Maria Assunta in Torcello erwähnen, mit ihren herrlichen Mosaiken des Christus Pantokrator, der Maria Hodegetria und des Jüngsten Gerichts sowie der Ikonostase der Zwölf Apostel ein Muster byzantinisch-venezianischer Symbiose. Hier sind Ost- und Westkirche gewissermaßen noch vereinigt. In der Ostkirche waltet ja ein vollkommen anderes Bildverständnis als im Westen, wo die Bilder zu Kunstwerken geworden sind, auf denen Malerindividuen in subjektiver Manier Momente des Heilsgeschehens schildern. In der Ostkirche dagegen erzählen die Bilder nicht, sondern sie verkündigen. Der goldene Hintergrund, das jede Art von Perspektive nichtig machende göttliche Licht, verweist darauf, dass keineswegs ich die Ikone anschaue, sondern vielmehr das Licht von der anderen Seite auf mich fällt. Man muss ein in der Wolle gefärbter Skeptiker sein, um vor einer Ikonostase seine Knie steif zu halten.

Einzelne Gotteshäuser zu rühmen wäre ein uferloses Unterfangen. Wo beginnen? Wo enden? Bei der geheimnisvollen Katakombenmystik romanischer Kirchen? Der überschäumenden Üppigkeit barocker Gotteshäuser und ihrer gleichsam winddurchtosten Ornamentik? Bei San Francesco in Assisi mit den Giotto-Fresken und den goldbesternten blauen Deckengewölben? Bei Sainte-Chapelle zu Paris, wo der Kontrast aus Blau und Gold auf den Höhepunkt getrieben wird? Um nicht immer in die Ferne zu schweifen, will ich die St.-Georgs-Kapelle der Burg Trausnitz in Landshut preisen, ein Werk nordischer Gotik, karg, ernst, ohne südlichen Augentrost, aber in vollendeter Harmonie: drei in Dreiecksform gegeneinander versetzte gotische Flügelaltäre auf weißem Stein, über dem mittleren, dessen Hauptbild eine Pietà ist, eine monumentale geschnitzte Kreuzigungsgruppe, beides getrennt durch eine Empore, deren Brüstung aus Stuckfiguren besteht und die den mittleren Altar überdacht. Sinnlichkeit und Schönheit südlicher Gotteshäuser sind hier ausgesperrt, doch das »Mein Reich ist nicht von dieser Welt« lebt.

Jede christliche Kirche ist letztlich ein überdachtes Kruzifix am Wegesrand, und jede hat, vom gewaltigen Dom zu Mailand bis zum kleinen Stiftskirchlein, am Mysterium des Glaubens teil. Marcel Proust hat der Kirche von Combray einige unsterbliche Seiten Prosa gewidmet, und zwar mit den verzauberungswilligen Augen jenes Kindes gesehen, als welches er sie zuerst wahrnahm. Es war für ihn »die Kirche«. Ich wage die Behauptung, dass die großen Kathedralen Frankreichs nie eine vergleichbare Würdigung erfahren haben.

»Man soll nicht in Kirchen gehen, wenn man reine Luft atmen will«, schrieb Friedrich Nietzsche, denn wo das Volk esse und trinke, ja selbst wo es verehre, »da pflegt es zu stinken«. Hier irrte der Philosoph. Wo das Volk verehrt und betet, da ist es am erträglichsten.

Man soll in Kirchen gehen, wenn man aufatmen will.

GLÜCKSMOMENTE

Auf diesen Seiten ist ständig von Glücksauslösern die Rede, hier soll nun indes explizit der Augenblick gepriesen sein. Denn jedes Glück hat bekanntlich die Eigenart, sich nicht sehr viel Zeit zu lassen. »Zum Augenblicke dürft' ich sagen: Verweile doch, du bist so schön!« spricht bekanntlich der Doktor Faust, der freilich weit Höheres im Blick hat als ich hier, und er wünscht es so vergeblich wie alle vor und nach ihm. Das Wesen des Glücksmomentes liegt ja darin, dass er rasch vorbeizischt und wir gern hätten, dass er länger verweile. »Alle Lust will Ewigkeit«, singt Nietzsches Zarathustra. Sie (resp. es, das Glück) will durchaus – aber bekäme es diese Ewigkeit, würde es zur Qual. Nur seine zeitliche Begrenztheit macht das Glück zu dem, was es ist. Bereits einen fünfminütigen Orgasmus hielte niemand mehr aus, einen viertelstündigen würde man als tödlichen Anfall erfahren. Ein Romanée-Conti ist eine Gottesgabe, doch irgendwo zwischen dem zweiten und dritten Liter schlüge das Glück seines Verzehrs in schieres Leiden und schließlich in Lebensgefahr um. Nicht einmal die Sarabande aus Bachs G-Dur-Partita, mein *Lied vom Ende der Welt*, könnte ich länger als, sagen wir mal, zehn oder zwölf Stunden im Stück ertragen …

Man klage also nicht über die kurze Verweildauer des Glücks hienieden, zumal in unseren Wohlstandswelten einstweilen noch die regelmäßige Wiederholung zumindest profaner Seligkeitsmomente weitgehend gesichert zu sein scheint. Als deren Inbegriff mir der Espresso vor Augen steht. Der Espresso ist die materialisierte Glückssekunde. Wer immer diesen Trank erfand, er war ein Weiser, ein Epikureer. In die Kategorie des ästhetisierten Sekundenglücks gehört auch das hohe C des Tenors, eine akustische Eruption, die zumindest im geneigten Hörer wahre Wonneschauer erzeugt und ihn anderthalb Lidschläge lang in die Gefilde der Seligen entrückt.

Überhaupt ist die Musik geschaffen, uns Glücksmomente zu bescheren, etwa wenn im Andante von Mahlers Sechster die Streicher mit schmerzlicher Gewalt in den verträumten Gesang von Oboe, Flöten und Hörnern einfallen, oder wenn

Franco Corelli in der *Werther*-Liveaufnahme unter Jan Behr wie ein verwundetes wildes Tier in sein »Reve! Extase! Bonheur!« ausbricht. Oder wenn, nach langem präludierendem Trommelschlag, die Fanfaren eines Spielmannszuges triumphierend einsetzen. Aus unserem Land ist die Marschmusik ja nahezu verschwunden, weil solche Darbietungen als militaristisch gelten, und so geselle ich mich denn alljährlich beim Trachtenumzug am ersten Sonntag des Oktoberfests unter die Schaulustigen und freue mich, dass diese fröhlich-mitreißenden Weisen in historischer Kostümierung einstweilen noch erlaubt sind.

Seine naturhaften Anlagen beziehungsweise ein geneigter Gott haben dem Menschen zahlreiche kleine Erleichterungs- und somit Sekundenglücksmöglichkeiten eingeräumt, in seiner Physiologie gründende und damit gratis zu habende: das Ein- wie das Ausatmen, das Aufstoßen, das Niesen, das Weinen, das Gähnen, das Sich-Strecken, das Einschlummern. Und natürlich den gesamten Stoffwechsel mit seinem notorischen Hinein-Hinaus, welches, solange es reibungslos funktioniert, glücksgesättigte Augenblicke zuhauf garantiert. Nicht einmal wer einer Frau lange hinterhergelaufen und endlich von ihr erhört worden ist, erlebt eine Weltsekunde solch vollendeten Glücks wie derjenige, der nach einer Toilette gerannt ist und gerade noch rechtzeitig eine gefunden hat. In fast vergleichbaren Dimensionen bewegt sich auch der erste Schluck Weißbier, nachdem man an einem glühend heißen Sommertag auf einen Berg gestiegen oder 100 Kilometer hastig geradelt ist.

Ich stand einmal mit einem Freund in einer Münchener Bar, es war ein warmer Sommerabend, das Lokal war gut besucht, und uns schräg gegenüber am U-förmigen Tresen tauchte eine außergewöhnlich gutaussehende Frau auf. Offensichtlich befand sie sich nicht in Begleitung, was bei ihrer Attraktivität verwunderlich war. Die Luftbrücke der Blicke ward errichtet, zumindest blieb ihr nicht verborgen, dass sie die unseren auf sich zog. Irgendwann kam einer der obligaten Rosenverkäufer ins Lokal. Er schien seine abendliche Runde soeben erst angetreten zu haben, denn der Strauß in seiner Hand war noch sehr üppig. Mein Freund winkte den Mann zu sich, kaufte sämtliche Rosen und schickte ihn auf die andere Seite des Tresens, mit dem Auftrag, sie der dort stehenden Schönen zu überreichen. Die Frau sah den Blumenboten ungläubig an und nahm den Strauß schließlich widerstrebend in Empfang, mit ihren Augen der Geste des Verkäufers folgend, die ihr den Schenker wies. Mein Freund hob sein Glas und prostete ihr lächelnd zu. – Im selben Augenblick bahnte sich ein Herr den Weg durch die Menschentraube an der Bar, direkt auf die Schöne zu, die ihn, das riesige Bukett in den Händen, teils verwirrt, teils betreten ansah. Sie sagte irgendetwas, er zuckte mit den Schultern, ein Kuss ward getauscht, und wenig später lagen die Rosen unbeachtet auf dem Tresen, derweil die beiden zu turteln begonnen hatten.

Der gesamte Vorgang mochte nicht viel mehr als zwei Minuten gedauert haben. Mein Freund hatte alles beobachtet, ohne das Glas, mit welchem er ihr zugeprostet hatte, zum Mund zu führen; seine Bewegung war gleichsam eingefroren. Nun löste sich die Starre, er nahm einen tiefen Schluck, warf die andere Hand über den Kopf in die Luft, lachte kurz auf und sprach: »Was tut man nicht alles für eine gelungene Sekunde!«

SELBSTIRONIE

Eigentlich sollten in diesen Betrachtungen Charaktereigenschaften keine Berücksichtigung finden, weil sich dann zwingend die Frage aufwürfe, warum diese vorkommt und jene nicht. Mut, Warmherzigkeit, Güte oder Beharrungsvermögen sind zweifellos als Lebenswerte ähnlich hoch einzustufen wie die hier in Vorschlag gebrachte Selbstironie. Doch zum einen ist die Selbstironie weder verbreitet noch lebenswichtig, sondern eher ein Luxus – und damit passt sie sehr gut in diesen Reigen. Zum anderen gelten die soeben aufgeführten Eigenschaften unbestritten als bedeutend und bedürfen keines Plädoyers.

Die Selbstironie ist eine überwiegend männliche Eigenschaft und, wenn ich es recht sehe, vor allem im Abendland halbwegs verbreitet. Sie tritt sowohl im Leben des Einzelnen als auch in der Entwicklung der Zivilisation relativ spät auf und bleibt im wesentlichen einigen Kultivierten und einer Handvoll heiter gewordener alter Männer vorbehalten. Man kann davon ausgehen, dass sie unter römischen Legionären so wenig verbreitet war wie heute unter den Taliban oder den Salafisten, dass Dschingis Khan so wenig selbstironisch war wie Suleiman der Zweite oder Pol Pot, dass der Siegelringträger Joschka Fischer die Selbstironie so wenig kennt wie irgendein goldkettchentragender Macho *mit Migrationshintergrund* aus dem Ruhrgebiet. Aus der Perspektive eines virilen muslimischen Zuwanderers ist die Selbstironie vermutlich einfach nur ein Symptom westlicher Dekadenz, Ausdruck einer Männlichkeit, die sich selbst nicht mehr ernst nimmt.

In der Tat hat Selbstironie sehr viel mit der Konterkarierung männlicher Potenzansprüche zu tun, freilich ohne den Potenzgedanken gleich in Bausch und Bogen zu verdammen. In der Ablehnung allzu ostentativen männlichen Pfauenradschlagens liegt zugleich eine sublime Form desselben. Der selbstironische Fuchs leugnet keineswegs die Süße jener Trauben, nach denen er so vergeblich den Hals gereckt hat. Er zieht vielmehr Gewinn aus der Vergeblichkeit seiner Sprünge, indem er seine Bemühungen ironisiert. Wenn er ein besonders selbstironischer Fuchs ist, ironisiert er sogar seine erfolgreichen Bemühungen, der Tatsache eingedenk, dass dieser Erfolg bereits beim nächsten Versuch ausbleiben kann – und irgendwann in Zukunft mit Sicherheit ausbleiben wird. Selbstironie ist die heitere Art, mit den eigenen Schwächen und der eigenen Hinfälligkeit umzugehen. Sie ist letztlich auch der würdevollste Weg, mit den Kalamitäten des Älterwerdens fertigzuwerden.

Und warum soll das nun vorwiegend männlich sein? Ganz einfach: Weil Frauen weder die maskulinen Geltungsansprüche im Blut haben noch von der Gesellschaft in die Macher- und Siegerrolle genötigt werden. Frauen haben weniger Bedarf an Selbstironie, weil sie weniger oft scheitern als Männer, weil sie sich im Falle des Scheiterns beklagen dürfen, wovor Männer sich hüten müssen, und weil ihr Geschlecht als ganzes nicht annähernd so tölpelhaft ist wie das männliche. Allein dass nahezu jede Frau instinktiv weiß, wie sie sich ansprechend zu bewegen hat, und nahezu jeder Mann nicht, erklärt ein kompensatorisches Bedürfnis nach Selbstironie seitens des letzteren.

Vermittels Selbstironie distanziert sich ein Mann vom Kollektiv-Männlichen, das er in sich trägt. Übrigens gehört die Selbstironie zu jenen Tugenden, mit denen Männer versuchen, bei Frauen zu landen (und bei klugen Frauen funktioniert das auch). Die meisten Kerle dagegen sind viel zu plump, als dass sie mit weiblicher Selbstironie etwas anfangen könnten, sie würden im Gegenteil daraus die Folgerung ziehen, irgendetwas an der Frau stimme nicht. Männer glauben ja gern, dass die Frau, die sich mit ihnen eingelassen hat, etwas ganz Besonderes sei, so wie sie ihr Auto oder ihren Job oder ihren Tennisaufschlag auch für etwas ganz Besonderes halten, während selten eine Frau auf die Idee kommen dürfte, ihren Mann beziehungsweise Partner nicht gelegentlich in der Kategorie Trottel zu verorten. Männer müssen permanent wetteifern, prahlen, sich selbst als bedeutend darstellen, stark sein. Immer geht es bei ihnen darum, wer etwas besser kann, wer den Größeren hat, wer dem anderen überlegen ist. Schon in Gesprächen sechsjähriger Knaben ist dieser Konkurrenzschwachsinn komplett ausgeprägt, und wenn ein Mann um eine Frau wirbt, kommt er vor lauter Angeberei normalerweise kaum dazu, sich ihre Lieblingsblume zu merken (ich spreche durchaus *pro domo*).

Nun darf man den *Homo sapiens maskulinensis* aber nicht gleich darob schelten, so zu sein, wie er ist, denn er ist es ja aus bestimmten Gründen geworden. Die Bewohnbarmachung des Planeten mit ihren ewigen Kämpfen gegen Höhlenbären, feindliche Krieger, Krankheiten, Kälte und Hunger war der Entstehung von Selbstironie nicht eben förderlich. Wenn der Fluss über die Ufer tritt oder der Feind vor den Toren steht, bleibt dafür einfach keine seelische Energie frei. Hektor kann oben auf Trojas Mauer, derweil drunten vorm Tor der Pelide tobt, schwerlich mit einem »Schatz, vielleicht hätte ich doch besser Winzer werden sollen« von Andromache scheiden. Der Krieger ist nicht selbstironisch. Allenfalls besitzt er Galgenhumor, eine der Selbstironie verwandte Eigenschaft, die jedoch aggressionsfördernd wirken kann, während der Selbstironie stets etwas Melancholisches innewohnt. Auf die Ankündigung der Perser, sie seien so viele, dass ihre Pfeile den Himmel verdunkeln würden, sollen die Spartaner vor der Schlacht bei den Thermopylen entgegnet haben: »Nun denn, so werden wir im Dunkeln kämpfen« – ein schönes Beispiel für Galgenhumor.

Vermutlich ist die Selbstironie erst mit der Spätzivilisation in die Welt gekommen. Es handelt sich jedenfalls um eine durch und durch zivilisierte Eigenschaft. Als der Herzog de Richelieu (ein Großneffe des Kardinals) seine Gemahlin mit seinem Stallmeister auf unzweideutig frischer Tat ertappte, bemerkte er lediglich: »Bedenken Sie, Madame, in welcher Verlegenheit Sie sich befunden hätten, wenn jemand anderes als ich eingetreten wäre.« Und als derselbe Stallmeister viele Jahre später – die Gattin war inzwischen gestorben – unterwürfig um eine Stelle bat, erwiderte Richelieu: »Gewiss, Monsieur – aber woher haben Sie erfahren, daß ich wieder heirate?« Solch aristokratische Bonhommie ist dem Gegenwartsmenschen eher fern, dafür ist sein Selbstgefühl gleichermaßen zu klein und zu groß geworden. Wenn indes der reiche Schönling Mr. Big in der Serie *Sex and the City* zu seiner Geliebten Carrie sagt: »Der Sex war phantastisch – aber was verstehe ich schon davon?« bin ich des auch schon zufrieden.

Man darf Selbstironie übrigens nicht mit Feigheit verwechseln; nicht der Feigling, sondern der vom Leben gezeichnete Mann wird selbstironisch. Die Selbstironie richtet sich gewissermaßen gegen den inneren Taliban und dessen närrische Geltungsansprüche. Das heißt nicht, dass der selbstironische Mensch nicht kämpfen kann, dass ihm nichts heilig ist. Er hat nur begriffen, dass jenes Selbst ein hinfälliges, ein fragwürdiges, ein sogar auf dem Höhepunkt seiner Kraft von Schwäche gezeichnetes, ein in all seinen Bemühungen letztlich komisches Etwas ist – und dass er diese Entdeckung besser selber machen sollte, bevor es ein anderer tut.

ITALIEN

Die Klage, niemand werde mehr wissen, wie schön Italien einst gewesen ist, geht nun schon in die zweite oder dritte Generation, und sie gewinnt leider täglich an Berechtigung. Unsereins etwa hat das wirklich schöne Italien, jene einzigartige Vermählung von Landschaft, Architektur und Kunst, längst nicht mehr kennenlernen dürfen, diese Welt existiert nur noch in Romanen, alten Reiseberichten und auf alten Gemälden. Der moderne Reisende nennt sich Tourist und spaziert durch die Reste, die er durch seine Anwesenheit entzaubert; der handaufhaltende Einheimische erledigt das übrige.

Mein Trauzeuge, von welchem bereits die Rede war, besaß, als er vor über zwanzig Jahren in Padua studierte, noch das Glück, im Gegenzug für einen kleinen Bakschisch an die Wärter jeden Morgen ein Viertel- oder auch halbes Stündchen in die Scrovegni-Kapelle zu dürfen. Er hatte den Giotto allein für sich! Wie ich ihn beneide! Heute steht vor der Kapelle ein kastenförmiges Wartehäuschen mit Sitzen wie in einer Bushaltestelle und automatischen Glas-Schiebetüren, vor denen sich die Besucher sammeln, um schubweise durchgeschleust zu werden. Das ist des Schönen Los auf Erden …

Die Piazza einer jeden toskanischen Stadt befindet sich so fest in der Hand der Fremden wie der liebliche Gardasee oder der Lido oder natürlich Rom. In den vatikanischen Museen oder im Pantheon geht es zu wie auf Tokioter Metrostationen. Das Forum Romanum wirkt wie ein überdimensionierter Picknickplatz für Schlechtgekleidete. Die meisten der dort lümmelnd Versammelten besitzen kaum einen Schimmer, wo sie sich, historisch gesehen, befinden und was sie denen verdanken, die diese Trümmer hinterließen – immerhin nichts weniger als die westliche Zivilisation. Venedig wiederum, von Nietzsche noch die »Stadt der tausend Einsamkeiten« geheißen, versinkt in einer täglichen Saturnalie aus Massenwallfahrt, Eigengestank und Nepp, inzwischen legen dort sogar Ozeandampfer an, jeder einzelne größer als San Marco, und sie leeren ihre Bäuche aus, als wollten sie die Stadt mit Menschen ersticken. Und indem er dies bezeugt, gesteht der Autor, dass er gelegentlich da und dort gewesen ist und teilhatte am scheußlichsten aller Spektakel: dem Massentourismus.

»Unsere Stadt stand im 640. Jahr, als wir zum ersten Male von den Waffentaten der Kimbern hörten«, schrieb der römische Historiker Publius Cornelius Tacitus anno 98. Seit über 2100 Jahren zieht der Kimbern- und Teutonenstrom nun gen Appenin, im Laufe der Jahrhunderte mal stärker, mal schwächer werdend und in den jüngsten 100 Jahren immer mehr zur Sturmflut schwellend, die das Land gemeinsam mit den Parallel-Tsunamis aus Asien unter sich begräbt. Nicht einmal der Westgote und der Vandale haben Rom so zugesetzt wie der Sandalenträger mit Kamera und Eintrittskarte. »Der Barbar zerstört nur«, notierte Gómez Dávila, »der Tourist entweiht.«

Dennoch bleibt Italien ein Traum, eine Phantasie, eine unsterbliche Illusion. Kein Ländername kann verzückter geseufzt werden, und sei's nur in Gedanken, weil der Seufzende sich des sentimentalen Südwehs schämt. In seiner Mischung aus Augentrost und Dolce Vita ist Italien den Barbaren aus dem Norden stets als Paradies erschienen. Die Sonne des Südens, der azurne Himmel, der sanfte Wellenschlag des Mittelmeers, der Golf von Neapel, Amalfiküste und Capri, Pompeji und Herculaneum, der matte Silberglanz der Olivenhaine und die erhabene Trauer der Zypressenalleen, Ginster und Zitronenbäume, Glühwürmchen und Zikaden, Dörfer, die sich an Berge krallen und gleichsam organisch aus ihnen wachsen, die Marmorfassaden der Dome und die Dächer aus roten gewellten Ziegeln, die typischen Fensterläden mit ihren nach innen geneigten Lamellen, Camapanile und Piazza, römische Ruinen und toskanische Villen, Montepulciano und San Gimignano, die Fresken Lorenzo Lottos und Mantegnas, Sankt Peter und das Kolosseum, Verdi und Puccini, Pesce und Pasta, Sangiovese und Nebbiolo, Espresso und Latte macchiato: Mehr davon, bitte mehr davon – wenn nur die anderen nicht wären!

Ich kann nicht am sogenannten *Italiengleis* auf dem Münchner Hauptbahnhof vorbeilaufen, ohne dass diese kleine süße Sehnsucht in mir aufsteigt. Italiengleis heißt es deshalb, weil dort früher die Gastarbeiter ankamen und heute die Züge gen Süden abfahren. Venezia, Padova, Brescia, Milano, Firenze steht auf den Schildern, aber fast alle Leute laufen daran vorbei und steigen stattdessen in Züge mit so absonderlichen

Zielen wie Ingolstadt, Kassel, Dortmund oder Kiel. Es ist ja gut, dass sie dorthin fahren, ich freue mich über jeden, der Italien verschont, doch auch ich laufe fast immer am Italiengleis vorüber. Allein daran kann man sehen, dass der Mensch nicht frei ist.

Wenn ich dann doch über den Brenner fahre, einerlei ob mit der Bahn oder dem Auto, atme ich auf. Die Alpen öffnen sich wie ein gewaltiger Theatervorhang, die Luft wird wärmer und duftiger, die Sonne strahlt stärker, und der erste Espresso hinter der Grenze ist der beste überhaupt. Hier ist die Illusion stets noch intakt. Die Realität wird sie rasch vertreiben; jedesmal wenn ich in Italien bin, kommt der Moment, wo ich wünschte, die Reise möge endlich vorbei sein, der Mensch ist nur begrenzt enttäuschbar, allein der Anblick der zahllosen Neubauruinen, die dieses Land wie Flechten bedecken, kann einem den Magen umdrehen, und auch wenn der Reisende die großen Touristenströme sorgfältig zu umgehen sucht, werden ihm Desillusionierungen nicht erspart bleiben. Doch hat nicht schon Robert Louis Stevenson festgestellt, »sightseeing« sei »the art of disappointment«? Immerhin hat die rechtzeitige Kapitulation im Zweiten Weltkrieg den Italienern ihre Innenstädte überhaupt gerettet, die sonst wohl unweigerlich wie die deutschen den alliierten *Baedeker-Bombardements* zum Opfer gefallen wären, und irgendein Historiker aus Freiburg oder Bielefeld hätte nachgewiesen, dass selbstverständlich ganz allein die Faschisten die Schuld daran trügen.

Andererseits sind in diesem Land wegen der nahezu instinktiven Sicherheit seiner Bewohner in Belangen des Geschmacks viele Dinge erträglich bis sogar angenehm, die einen 500 Kilometer weiter nördlich halb um den Verstand brächten. Dorffeste zum Beispiel – der Unterschied zwischen *Kultur haben* und *Kultur sein*, mag auch er allmählich schwinden, zeigt sich bei solch profaner Gelegenheit noch in aller Deutlichkeit: Dortzulande wird man jenseits der Tourismusgebiete niemals schlecht essen, die Feiernden werden in der Regel stilvoll gekleidet, die Innenhöfe, Restaurants, Tafeln mit wenig Aufwand reizend dekoriert sein, und dank einer weitverbreiteten natürlichen Grazie sowie des Reichtums an begleitenden Gesten werden auch die Gespräche inhaltsunabhängig kultivierter sein als auf einer deutschen Kirmes.

Überhaupt diese Sprache! In ihr klingen die Sorgen anders und die Alltäglichkeiten heiter, sie ist zwar zur Metaphysik gänzlichst ungeeignet, aber man kann auf italienisch sogar Schlager ertragen (wenngleich nicht die abendlichen Kreisch- und Brüllshows im TV, da beschleichen sogar den italophilsten Fremdling skeptische Überlegungen hinsichtlich der Infantilität dieses Volkes). Wenn sich zwei Deutsche über das letzte Formel-1-Rennen unterhalten, ist das für mich ein Grund zum Weglaufen; auf italienisch wird die Sache zu einem *schönen Gespräch*. Wer den Inhalt des Piazza-Geplauders unter Einheimischen nicht versteht, mag schnell meinen, es ginge um Höchstbedeutendes. Geht es mitunter auch, zum Beispiel ums Essen. Der Rang, den der durchschnittliche Italiener den Mahlzeiten und ihrer Zubereitung beimisst, bezeugt kollektive Weisheit und also Kultur. Überhaupt, diese Küche! Was wäre das Leben ohne Pasta, Parmeggiano, Antipasti, Vitello tonnato, Ossobuco und Salsiccia? Eine aus Italien stammende Maxime lautet: *Aceto come un avaro, sale come un saggio, ma olio come un pazzo* – nimm Essig wie ein Geizkragen, Salz wie ein Weiser, aber Olivenöl wie ein Verrückter.

Man muss in den Schriften der Philosophen lange suchen, um auf dermaßen tiefe Einsichten zu stoßen.

Es gibt eine amüsante Anekdote über Giacomo Puccini, die den Stellenwert des Essens dortzulande illustriert. Man sah den Komponisten bei der lokalen Premiere einer seiner Opern während einer Aktpause leidenschaftlich auf einen Bekannten einreden. Danach wurde der Mann von Neugierigen bedrängt, was der Maestro denn Interessantes über Werk und Aufführung zu verkünden gehabt habe. Er musste die Frager enttäuschen: Puccini habe ihm lediglich erklärt, wie man Seemuscheln mit einer Sauce aus Tomaten und Olivenöl zubereite …

Apropos Oper: Scheußlichkeiten wie die Produkte des sogenannten deutschen Regietheaters gibt es auf italienischen Bühnen nicht, ein Publikum aus Augenmenschen würde so etwas nicht goutieren. Stattdessen kann es passieren, dass das Auditorium einem schönen Bühnenbild spontan applaudiert. Hat man dergleichen hierzulande in den vergangenen drei, vier Dezennien je erlebt?

Italien ist, gemeinsam mit Südfrankreich, sozusagen ein bewohntes Originalmuseum, in welchem die Reste abendländischer Kulturschönheit dem internationalen Laufpublikum zur Schau gestellt werden, mit einigen zumeist übersehenen Nebenräumen, nur Eingeweihten zugänglichen Depots sowie ein paar Türen, auf denen geschrieben steht: *Privat*. Wer Glück hat, darf letztere zuweilen durchschreiten. Ich habe immerhin jenes, mit einer aus Deutschland stammenden Schriftstellerin bekannt zu sein, die sich an einem Schräghang etwas oberhalb des Gardasees und mit Blick auf diesen ihren Traum von einem Garten erfüllt hat – das Wort *Park* träfe es auch –: drei Terrassen mit Dutzenden Oliven- und

Orangenbäumen, Steintreppen, Springbrunnen, Gemüse- und Kräutergarten, darauf zwei Häuser, halb Landsitz, halb Schlösschen, quasi ohne Nachbarn, ein ebenso aufs praktische Leben eingerichteter wie verwunschener Ort – wenn dort der Maler kommt, bringt er keine Rolle mit, sondern Pinsel für die Blumenornamente. Doch ein paar Gehminuten entfernt lauerten bereits die Bagger. Jeder Idylle wird früher oder später der Garaus gemacht.

Leopold von Ranke hat gesagt, die Weltgeschichte wäre sinnlos, wenn es die Römer nicht gegeben hätte. Sie ist dies womöglich auch mit ihnen; dennoch möchte ich ergänzend hinzufügen: Das Leben wäre sinnlos ohne Italien, und das heißt zunehmend: ohne die Erinnerung an Italien.

DEUTSCHLAND

Es ist schwer, sein Land zu lieben, und nahezu unmöglich, diese Liebe auch noch auf dessen Bevölkerung auszudehnen. Karl Kraus hat das Problem letztgültig definiert: Vaterlandsliebe, das sei »die Liebe, die mich mit den Dummköpfen meines Landes verbindet, mit den Beleidigern meiner Sitten und mit den Schändern meiner Sprache«.

Man könne ohnehin kein Land und keine Bevölkerung lieben, höre ich sofort rufen, das seien sentimentale Anwandlungen aus der historischen Mottenkiste, außerdem wisse man ja, wohin das geführt habe. Ach ja. Die Leute, die einem täglich multimedial entgegenpredigen, dass man Deutschland wegen des Dritten Reichs nicht mehr und nie wieder gernhaben dürfe, sind längst ein beinahe ebenso starkes Argument gegen

Sympathien für dieses Land wie das Dritte Reich selber; diejenigen, die das Wort *deutsch* ohne das pejorative Anhängsel -*tümelei* gar nicht erst denken können, verkörpern die aktuelle Form derselben.

Eine Zeitlang galt unter bundesrepublikanischen Geistesschaffenden der älteren Jahrgänge die Formulierung als zulässig, man habe seine Heimat in der deutschen Sprache und Kultur gefunden; das deutsche Kind selber war freilich längst mit dem nationalsozialistischen Bade ausgeschüttet worden. Und mit der Beheimatung in Sprache und Kultur ist es bei den bundesrepublikanischen Funktionseliten so weit nicht her. Auf einem Empfang in China unternahm der Gastgeber den kuriosen Versuch, mit deutschen Parlamentariern über das Verhältnis von Hegel und Schopenhauer zu sprechen – es blieb beim Versuch …

Wenn aber nicht Deutschland, so liebe ich doch manches *typisch Deutsche*. Was das sein soll? Nun, ich habe auf den bisherigen Seiten schon einiges davon erzählt und werde die Frage hier kaum erschöpfend beantworten können. Aber *al fresco* und in Kürze sei es versucht. Deutsch sind der Riesling und die Burgen am Rhein, Tilman Riemenschneider und Matthias Grünewald, *Ein feste Burg ist unser Gott* und *Das Patrem deutsch* von Johann Walter, Bachs kontrapunktisches Schöpfungslob und heiterer Protestantismus, Schuberts *Schöne Müllerin*, das *Meistersinger*-Vorspiel und der Einzug der Gäste in die Wartburg im *Tannhäuser*, der Mond der Romantik von Caspar David Friedrich bis Novalis, natürlich Eichendorff, aber unbedingt auch Wilhelm Busch, die Begriffsmühlen des deutschen Idealismus, der hohe Ton von Schiller über Hölderlin bis zu George, die mitreißende

Rigorosität Kleists, die Brüder Humboldt als Mitbegründer jener Spielart deutscher Leitkultur, deren Leidenschaft der Erforschung fremder Kulturen galt, die Idee der Universität als Ort universeller Bildung, natürlich Waldesruh und Waldweben, Wiesengrund und Mühlbach, Tiefsinn und Bierseligkeit, Musikalität und Liebe zum Trunk (Rausch ist Rausch), Gemüt und Gemütlichkeit, Innerlichkeit und Pflichtethik, Kehrwoche und Metaphysik, gehaltene Versprechen und Derbheit im Umgang. Dazu das Fehlen von Eleganz, nie weltmännisch, stets etwas verhockt und provinziell. Lange manisch gräkophil, aber von Latinität weitgehend unberührt (das Wahrnehmungsgenie Goethe ausgenommen). Die »faustische« Unbegabung zum Glücklichsein. Deutsche Ingenieurskunst und *Made in Germany* als weltweites Gütesiegel, *Ordnung muss sein* als erste Maxime. Die ewige Frage, was deutsch sei. Seit Luther und erst recht seit Napoleon ein starker Hang zum Fundamentalismus. Dabei treu bis zur Idiotie ... Alles Schnee von gestern? Schon möglich – doch eminent erinnerns- und erzählenswert.

Ich bin franko- und italophil, kulinarisch sowieso, aber auch kulturell – vor allem was das Auge betrifft –; ich würde zudem die idealtypische Französin meiner Landsgenossin vorziehen, die Russin erst recht (die Italienerin nicht unbedingt), und die meisten Menschen, die mich abstoßen, kommen aus meiner Heimat, doch ich denke und empfinde sozusagen unheilbar deutsch. Wenn von Deutschland die Rede ist, fühle ich mich unweigerlich mit angesprochen, wenn etwas Deutsches im Ausland gelobt oder getadelt wird, halte ich mich *nolens volens* für mitgemeint. Die Frage, ob ich stolz bin, ein Deutscher zu sein, würde ich im Ernst nicht beantworten, aber solange es unter den den Meinungsverbreitern hierzulande verpönt ist, tät' ich Jawohl! rufen, früge mich wer *coram publico*. Sogar die internationalen Presseschlagzeilen von den unbesiegbaren deutschen Panzern taten mir stets wohl, wobei ich nicht die Tanks von General Guderian im Sinn habe, sondern jene, die auf den Schlachtfeldern der Fußballwelt- und Europameisterschaften viele Jahre lang Zagen und Zähneklappern unter ihren Gegnern verbreiteten, schwarze Hose, weißes Trikot, nicht sonderlich attraktiv, aber kaum zu schlagen und gefährlich bis in die letzte Sekunde der Nachspielzeit.

»Da fehlt doch was!« höre ich quengeln. Ach ja: Das Soldatische. »Das tapferste Volk sind die Deutschen«, befand Heinrich Heine. »Die Deutschen sind tapfer ohne Nebengedanken, sie schlagen sich, um sich zu schlagen, wie sie trinken, um zu trinken. Der deutsche Soldat wird weder durch Eitelkeit, noch durch Ruhmsucht, noch durch Unkenntnis der Gefahr in die Schlacht getrieben, er stellt sich ruhig in Reih und Glied und tut seine Pflicht.« Die Deutschen seien »geborene Soldaten« (*natural soldiers*), behauptete gar der britische Feldmarschall Harold Alexander, im Zweiten Weltkrieg Kommandeur der alliierten Truppen in Italien. In seinem Tagebuch schrieb er: »Nicht einmal der offensichtliche Zusammenbruch der das Vaterland verteidigenden Armeen konnte in Italien den deutschen Soldaten verführen, seine soldatischen Pflichten im Stich zu lassen.« Resümee: »Wir kämpften gegen die besten Soldaten der Welt.« Charles de Gaulle soll, nachdem er 1944 über das Trümmerfeld von Stalingrad geschritten war, die Worte »Ein großes Volk!« vor sich hingemurmelt und zum Ärger seiner nachfragenden sowjetischen Gastgeber die Deutschen gemeint haben.

Sehr eindrucksvoll auch (und historisch völlig unbelastet) der Bericht, den T.E. Lawrence in seinen *Sieben Säulen der Weisheit* von den deutschen Hilfstruppen gibt, die im Ersten Weltkrieg auf Seiten der Türken gegen ihn und seine arabischen Aufständischen kämpften: »... hier, zum ersten Mal, verspürte ich Stolz auf einen Feind, der meine Brüder getötet hatte. Sie waren zweitausend Meilen entfernt von Zuhause, ohne Hoffnung und ohne Führer, in einem Zustand, elend genug, die Nerven der Tapfersten zu zerreißen. Dennoch hielten ihre Einheiten zusammen, in fester Ordnung, sie steuerten wie Kriegsschiffe durch die Wracks der Türken und Araber, ruhig und erhobenen Hauptes. Wenn sie attakkiert wurden, stoppten sie, bezogen Position und feuerten auf Kommando. Da gab es keine Hast, kein Geschrei, kein Zögern. Sie waren herrlich.«

Aber das ist ja nun wirklich Schnee von gestern. Aus Bismarcks stolzem »Wir fürchten Gott und sonst nichts auf der Welt!« ist heute der stehende Begriff *German angst* geworden: Angst vor der dem Waldsterben, der Volkszählung, dem Hitler in sich, der Hühnergrippe, der Erderwärmung, dem Atom und seiner fidelen Strahlung, dem Terrorismus, vor Sekundärtugenden, Unterversicherung, dem Absingen aller drei Strophen der Nationalhymne und Stürzen vom Fahrrad ohne Helm. Der Bundestag muss lange diskutieren, ob deutsche Marinesoldaten am Horn von Afrika auf Piraten schießen dürfen; früher hätte man einfach die *Gneisenau* hingeschickt. Andrerseits hat sich Deutschland beziehungsweise Preußen-Deutschland erstaunlich selten an Kriegen beteiligt, vergleicht man es mit Frankreich, England oder den USA. Per se kriegerisch ist dieses Volk nie gewesen, und auch grausame

Herrscher kennt die deutsche Geschichte im Grunde nicht. Der hierzulande rituell dauerbekakelte preußisch-deutsche Militarismus hat sich, was den Einfluss der Militärs auf die Politik angeht, vom englischen oder französischen seiner Zeit wenig unterschieden.

Aber der *deutsche Sonderweg*, höre ich einwenden. Wenn diese Wortverbindung fällt, ist das immer eine gute Gelegenheit, sich andere Gesprächspartner zu suchen. Lieber Leser, ich versichere Dir: Noch nie hat ein Nichtdummkopf sie ausgesprochen – und wenn es sich um einen ansonsten klugen Mann handelte, so war er eben ein Dummkopf *in historicis*. Die Geschichte beschreitet nämlich ausschließlich Sonderwege, alles andere ist Mythologie. Man kennt dergleichen fixe geschichtliche Wege noch sehr gut aus dem Märchen- und Sagenschatz des Marxismus. Das Kaiserreich hätte nur den Ersten Weltkrieg gewinnen müssen, dann wären eben England und Frankreich auf bösen Sonderwegen gewandelt, obwohl sie vorher, nach dieser Theorie, längst den rechten, den demokratischen Weg eingeschlagen hatten. Was nun wiederum die Demokratie angeht, bin ich gern bereit, jedem eine Flasche Château Petrus zu spendieren, der mir ein Land zeigt, in dem das Volk regiert. Das Volk wird niemals irgendwo regieren. Die europäischen Demokratien demonstrieren diese weltgeschichtliche Konstante ja momentan recht beispielhaft, indem sie mehrere hundert Millionen Wahlstimmenbesitzer mitspracherechtslos dem wüstesten Zentralismus in der gesamten Geschichte des Erdteils unterwerfen. Jedes System hat seine bezahlten Märchentanten an den historischen Fakultäten, die den Leuten erzählen, die Geschichte entwickle sich notwendig im Geiste des jeweiligen Volkes, der Rasse, des Kommunismus, des National- oder Realsozialismus, der Gerechtigkeit, der Freiheit, der Vernunft, der Demokratie, der Menschheitszivilisation, der *one world*; mal sehen, was als nächstes kommt. Rechnet man aber eine Formalität namens Parlament ab, wird es schwierig, den Deutschen hinsichtlich der Mitspracherechte historische Defizite anzudichten. Das Land der Kaiserwahl, der Deutschen Städteordnung, der Reformation und des Allgemeinen Preußischen Landrechts muss sich dergleichen nicht vorwerfen lassen.

Und wie stand es in den kaiserlichen deutschen Landen und Gauen mit der geistigen Freiheit, dem *Jeder nach seiner Façon*? Thomas Mann hielt in seinen *Betrachtungen eines Unpolitischen* fest, dass der englische Gelehrte Bertrand Russell, weil er sich zu Beginn des Ersten Weltkrieges »der Greuelhetze gegen Deutschland widersetzte«, keinen Pass nach Amerika erhielt und man ihm seine Professur in Cambrigde entzog, »während der deutsche Pazifist und christliche Professor Foerster sich voller Lehr- und Reisefreiheit erfreute«. Die Militärdespotie waltete offenkundig beim gegenkaiserlichen Lager. Ohnehin neigen Demokratien in Kriegen zu einer Feindverteufelung, wie die Monarchien sie nie zustandebrachten. Thomas Mann fährt fort (wir befinden uns im Jahr 1914): »Ich bin vierzig Jahre alt geworden in Deutschland, ohne zu wissen, ohne es zu merken, daß ich ein Knecht war unter der Faust von ›Herren‹. Freilich, ich lebte in einem Lande, wo unverfolgt, unbeanstandet ein Buch erscheinen konnte, das mit den Worten schließt: ›Ich heiße das Christentum den *einen* unsterblichen Schandfleck der Menschheit.‹ Ein solches Land schien mir *frei*…« Es wäre im Kaiserreich schwer vorstellbar gewesen, dass jemand wegen gewagter historischer Thesen von den akademischen Debatten ausgeschlossen wird, bei Strafe der Mithaftung für jeden, der weiterhin mit ihm verkehrt, dass Verlage sich aus Angst vor der Zensur umstrittener Autoren entledigen oder dass jemand zu mehreren Jahren Gefängnis verurteilt wird, weil er ein historisches Staatsverbrechen leugnet.

Dieses alte Deutschland endet irgendwo zwischen 1918 und 1933, wie ein Fluss in einer Periode extremer Dürre allmählich versandet. »Wen man als Verbrecher behandelt, der wird leicht einer – und das gilt für Nationen ebenso wie für den einzelnen«, schrieb Sebastian Haffner. In Versailles war ein Revanchekrieg nahezu verbindlich beschlossen worden, von Versailles führte ein gerader Weg nach München – aber eben nicht nach Auschwitz. Kinder in Güterwaggons Tausende Kilometer durch Europa zu fahren, um sie irgendwo im Osten heimlich umzubringen, das ist zwar nicht unbedingt typisch deutsch (noch im 20. Jahrhundert ein deutsches Spezifikum gewesen), doch es ist eine Ungeheuerlichkeit und eine Schandtat sondergleichen, deren Urheber verflucht sein sollen bis ans Ende der Welt, fairerweise gemeinsam mit allen anderen Kindermassenmördern der Geschichte. Es hatte sich im deutschen Wesen ein Tumor gebildet, wie er im Kaiserreich noch undenkbar gewesen ist. Spätere werden ausgewogener urteilen über seine Ursachen, denn er ist keineswegs so monokausal entstanden, wie die derzeitigen Wortführer schalmeien (freilich auch nicht ganz so polykausal, wie die Anhänger der anderen Seite grummeln). Der Tumor ist entfernt worden, ausgebrannt mitsamt grausam viel gesundem Gewebe ringsum, und beides zusammen, Tumor und Therapie, hat Deutschland getötet.

Also keine Sorge, es ist bloß das alte, längst untergegangene Deutschland, von dem ich schwärme wie von einer unerfüllten Jugendliebe; ein erloschener Stern, dessen Licht noch eine Weile unterwegs sein wird. Und natürlich romantisiere ich, niemand soll glauben, ich sehnte mich nach dieser Liebe zurück, wer weiß, wie übel sich eine daraus entstehende Partnerschaft gestaltet hätte. In der Vergangenheit leben, das ist etwas für Käuze. Ich kann mir nicht vorstellen, meine Zeit zu verlassen, ich bin von ihr geformt, imprägniert – und ein bisschen kompromittiert. Keine Epoche ist grundsätzlich besser oder schlechter als die andere. Es sind immer Verluste und Gewinne miteinander zu verrechnen, und es ist ein bisschen unehrlich, nur die Verluste zu beklagen.

Heute gibt es in Europas Mitte bloß Raum mit viel Volk oder inzwischen wohl doch: Bevölkerung, die wenig verbindet, kaum mehr die Sprache, und der ich mich nicht unbedingt zugehörig fühle. Die hysterischen Debatten dieses Landes sind mir so lächerlich wie seine Tabus. Ich halte die politisch-mediale Omnipräsenz der Nazijahre für wenig mehr als Angeberei mit umgekehrtem Vorzeichen. Für keinen deutschen Politiker und schon gar keine Partei empfinde ich Sympathie. Mit jedem Tag wächst die Zahl der Medienmeldungen, die mich nichts angehen. Im Gegensatz zur geistigen Freiheit und zum Rechtsstaat ist die Demokratie kein Lebenswert, und die Bundesrepublik ist einstweilen noch eine amerikanische Provinz unter vielen, wo es sich ganz angenehm leben lässt, deren Kultur- und Geistestaten aber vernachlässigbar sind, weshalb – ich kehre zur Eingangsüberlegung zurück – dieses Land zu lieben für mich kein ernsthafter Grund besteht.

Gelegentlich oder sogar oft war auf diesen Seiten vom Tod die Rede, denn alle Sinnfragen entstehen, weil wir sterben müssen. Ein endliches Wesen hat drei Alternativen, mit seiner Endlichkeit umzugehen: die Ignoranz, das Lamento – und die Heiterkeit. Womit klar sein dürfte, dass hier nicht jene Heiterkeit gemeint ist, die im »Blauen Bock« oder dem Protokoll zufolge bei manchen Bundestagsdebatten entsteht, sondern die späte, oktobersonnige, »güldene«, von welcher Nietzsche sprach.

Der Tod ist es, der dem Dasein Schwere verleiht, aber zugleich gibt er all unsere Bemühungen, unser »Haschen nach Wind« (Prediger 1, 14), einer gewissen Lächerlichkeit preis. Von der Hölle heißt es, dass dort ein gewaltiges Gelächter herrschen soll, unter den diensttuenden Teufeln ohnehin, aber sogar die ärgsten der Sünder brechen angeblich unter ihren Qualen hin und wieder in ein ungläubiges, irres, zugleich auch höhnisches Lachen aus angesichts dessen, was ihnen dort angetan wird (ungefähr wie eine Bekannte von mir zwischen den einzelnen Presswehen immer wieder zu lachen anfing, weil sie ihrer Fassungslosigkeit darüber, was die Natur gerade mit ihr veranstaltete, nicht anders Ausdruck zu verleihen wusste). Andererseits und umgekehrt würde ich mit Sicherheit in ein gewaltiges Gelächter ausbrechen, wenn ich nach meinem Abscheiden gegen jede Erwartung auf einmal doch vor Gott stehen sollte, denn das wäre die grandioseste und bizarrste Pointe, die ich mir vorstellen beziehungsweise eben doch nicht vorstellen kann.

Völlig subjektiv betrachtet, ist der Tod das Ende der ganzen Lachnummer. Im Sterben liegt also die Pointe des Lebens, die *punchline,* wie der Engländer so schön sagt. Der Schmerz der Hinterbliebenen deckt diese Tatsache regelmäßig mit Tränen zu, doch oft wäre es angemessener, den Tod mit Scherzen und Tänzen zu feiern; der Tote hätte in den seltensten Fällen etwas dagegen. Dass der Mensch sterblich ist, egal wie wichtig er sich nimmt, hat etwas zutiefst Komisches. Die Juden als Religionsgemeinschaft ohne Jenseitshoffnung wussten das am besten; ihr zu recht berühmter Humor beruht, Erwählungsmythos hin, Messiasglaube her, auf der Einsicht, dass sich der paradoxen Sinnlosigkeit der Existenz letztlich nur mit Heiterkeit begegnen lässt.

Das Leben: ein Drama, ein Fest, ein Wunder, gewiss – aber eben auch ein großer Jokus. Wir kommen auf diesen unscheinbaren und unwahrscheinlichen Planeten, wer könnte sagen, woher; wir werden, wie Heidegger schrieb, in die Welt »geworfen« und sind dort je schon dem Tod überantwortet, wir leben allzeit sterbend und wissen nicht, warum und zu welchem Zweck, wir stellen zeitlebens die *letzten Fragen* und bekommen nie eine Antwort, wir beobachten oder studieren das Leben und staunen entsetzt darüber, wie solche Fülle und Vielfalt und Schönheit einfach nur da ist, ohne Grund, ohne Sinn, ohne Dauer, der Vergänglichkeit überantwortet, einem kalten kosmischen Geschick unrettbar ausgeliefert. Wir haben ein Gehirn, das komplexer ist als eine ganze Galaxie, wir sind, wie es ausschaut, die einzigen, die das Universum in der dritten oder, wie Chesterton, sogar in der zweiten Person ansprechen können, und wir verstehen doch nicht, was diesen ganzen ungeheuren Aufwand treibt, vom Kristall bis zu Monica Bellucci, wie es sein kann, dass die Blume blüht und der Vogel stirbt, warum überhaupt Seiendes ist und wohin wir am Ende gehen müssen. Was kann das alles anderes sein als – ein Witz? Alles Menschliche insgesamt sei des großen Ernstes nicht wert, sagt Platon. Wie das Leben als solches, so sind auch die Werke des Menschen zugleich grandios und zum Lachen. Und weil wir in der Heiterkeit unsere Existenz womöglich stärker und dauerhafter transzendieren als in den Religionen (was auch schon wieder zum Lachen ist), steht sie hier als abschließender Lebenswert.

Nietzsche hat die Verbindung von Fatalität und großem Jokus aus der Sicht des Autors in die hinreißenden und hiermit finalen Worte gefasst:

Macht' ich's gut, so woll'n wir schweigen;
Macht' ich's schlimm –, so woll'n wir lachen
Und es immer schlimmer machen,
Schlimmer machen, schlimmer lachen,
Bis wir in die Grube steigen.

NACHBEMERKUNG

Dieses Buch erschien erstmals 2009 im Lichtschlag Buchverlag und fußt auf einer 20-teiligen Kolumne, die im Magazin *eigentümlich frei* erschienen ist. Da in der Buchversion das Korsett eines festgeschriebenen Textumfangs fehlte, konnte der Autor die Kolumnen je nach Gegenstand zum Teil erheblich erweitern und das Kompendium um elf Stichwörter ergänzen. Es wurde für diese Ausgabe noch einmal überarbeitet, wobei vier weitere Kapitel hinzukamen.

NEU IN DER EDITION SONDERWEGE

Richard Heinberg
DAS ENDE DES WACHSTUMS
Alte Konzepte – neue Realitäten

Aus dem Englischen von Ursel Schäfer

Schonungsloser kann eine Epochendiagnose nicht sein: »Mit dem Wachstum, wie wir es kennen, ist es aus und vorbei.«
Drei Hauptursachen hierfür diskutiert der Autor zwingend in all ihren Verzweigungen:
- Die Erschöpfung lebenswichtiger Ressourcen;
- die Zunahme negativer ökologischer Auswirkungen der Ausbeutung und Nutzung von Ressourcen und die daraus resultierenden Folgekosten;
- die Verwerfungen des Weltfinanzsystems, das nicht in der Lage ist, auf diese Entwicklungen angemessen zu reagieren, sondern sie eher noch verschärft.

Reiches empirisches Material, ein riesiger Quellenfundus und prägnante Fallstudien stützen seine Ergebnisse.

»Wenn wir wirklich das Ende des Zeitalters der von fossilen Brennstoffen getriebenen Expansion erreicht haben, dann sind alle Bestrebungen der politisch Verantwortlichen, weiter trügerischem Wachstum nachzujagen, nichts anderes als eine Flucht vor der Realität.«
Richard Heinberg

NEU IN DER EDITION SONDERWEGE

Kenneth Minogue
DIE DEMOKRATISCHE SKLAVENMENTALITÄT
Wie der Überstaat die Alltagsmoral zerstört

Mit einem Vorwort von Barry Maley
Aus dem Englischen von Siegfried Kohlhammer

Die Politik dringt immer tiefer in das Privatleben ein.
Der Wohlfahrtsstaat entmündigt den Bürger.
Dieser soll sein Leben nicht mehr in die eigene Hand nehmen,
aber bei der Lösung von Menschheitsproblemen mithelfen.
Die Folge: Hedonismus tritt neben Größenwahn.
Abhängige treten als Eiferer auf.
Die Demokratie zerstört sich selbst.

»Das demokratische Telos führt direkt zur Untergrabung jeder wahren Demokratie. Die Menschen werden von der Verfassung für weise und von der Regierung für käuflich und dumm erklärt. Eine bemerkenswerte Situation.«
Kenneth Minogue

458 Seiten, 12 x 19 cm, geb., Leinen
mit Schutzumschlag und Leseband
ISBN 978-3-937801-74-2

NEU IN DER EDITION SONDERWEGE

Alexander Glück
ADHS
Wie lebhafte Kinder für krank erklärt werden

Was früher als völlig normal galt – nämlich lebhafte, aufgeweckte und aktive Kinder –, wird heute massenhaft mit einem Krankheitsetikett, dem Etikett ADHS, versehen. Der Autor will größtmögliche Skepsis gegenüber dieser verhängnisvollen Entwicklung wecken und zeigen, wer ein besonderes Interesse an ihr hat: eine ganze »ADHS-Industrie«, die prächtig an oft höchst fragwürdigen Behandlungsmethoden verdient, aber auch Eltern und andere Erzieher, die allzu schnell bereit sind, die Ursachen für auffälliges Verhalten einzig im Kind selbst zu suchen, und sich damit aus ihrer ureigenen Verantwortung entlassen.
Des Autors Rat an die Eltern: entschieden mehr Gelassenheit, selbstkritische Offenheit und die Bereitschaft, dem Kind die Entwicklungsbedingungen zu geben, die es für eine gesunde geistige und körperliche Entwicklung wirklich braucht.

»Das vorliegende Buch will nur einen Anstoß geben, vor allem aber dazu einladen, daß Eltern sich zuerst und am intensivsten mit dem Kind beschäftigen, um das es geht, statt mit den Meinungen fremder Leute.«
Alexander Glück

93 Seiten, 12 x 18,5 cm, Klappenbroschur
ISBN 978-3-937801-89-6

Lichtschlag in der Edition Sonderwege

Satz: Achim Schmidt, Graphische Konzepte, Mettmann. Gesetzt aus Arno Pro
Umschlag: Frank Ortmann, freies grafikdesign, Berlin
Druck und Bindung: CPI books, Ebner & Spiegel GmbH, Ulm

Printed in Germany
ISBN 978-3-944872-01-8
www.manuscriptum.de